LITERATURA, PÃO E POESIA

HISTÓRIAS DE UM POVO LINDO E INTELIGENTE

LITERATURA, PÃO E POESIA

SÉRGIO VAZ

Apresentação — Heloisa Buarque de Hollanda
Posfácio — Eliane Brum

© **Sérgio Vaz, 2011**
1ª Edição, Global Editora, São Paulo 2011
2ª Edição, Global Editora, São Paulo 2020
1ª Reimpressão, 2021

Jefferson L. Alves — diretor editorial
Gustavo Henrique Tuna — gerente editorial
Flávio Samuel — gerente de produção
Juliana Campoi — coordenadora editorial
Maria Letícia L. Sousa e Fernanda Campos — revisão
Mauricio Negro — capa
Ana Claudia Limoli — projeto gráfico

Dados Internacionais de Catalogação na Publicação (CIP)
(Câmara Brasileira do Livro, SP, Brasil)

Vaz, Sérgio
  Literatura, pão e poesia : histórias de um povo lindo e inteligente / Sérgio Vaz ; apresentação Heloisa Buarque de Hollanda ; posfácio Eliane Brum. — 2. ed. — São Paulo : Global Editora, 2020.

  ISBN 978-65-5612-061-4

  1. Crônicas brasileiras I. Hollanda, Heloisa Buarque de. II. Brum, Eliane. III. Título.

20-48970   CDD-B869.8

Índice para catálogo sistemático:
1. Crônicas : Literatura brasileira B869.8
Cibele Maria Dias - Bibliotecária - CRB-8/9427

Obra atualizada conforme o
NOVO ACORDO ORTOGRÁFICO DA LÍNGUA PORTUGUESA

Global Editora e Distribuidora Ltda.
Rua Pirapitingui, 111 — Liberdade
CEP 01508-020 — São Paulo — SP
Tel.: (11) 3277-7999
e-mail: global@globaleditora.com.br

 Direitos reservados.
Colabore com a produção científica e cultural.
Proibida a reprodução total ou parcial desta obra sem a autorização do editor.

Nº de Catálogo: **3280**

Nem sempre quem tem casa tem lar.
Conheço gente que mora no abraço do amigo.

Sérgio Vaz

Sumário

Caminhos de um poeta cidadão — *Heloisa Buarque de Hollanda* 11

Novos dias 15

Felicidade 17

A fina flor da malandragem 19

Vale quanto sonha 21

Os brutos também amam 23

Pode crer, amizade! 29

Guerreiros da chuva 33

Literatura das ruas 37

É proibido chorar 39

A poesia dos deuses inferiores 43

Literatura, pão e poesia 49

O Machado, o talarico e a racha 51

Manifesto da antropofagia periférica 53

Sugestões poéticas para o acordo ortográfico e outros acordos 55

O riso do palhaço sem alegria 61

O inferno somos nós 65

Brasil, o filme 69

Sombras miúdas 73

Atestado de antecedência 77

Como nasce um taboanense 79

Taboão dos Palmares 83

Taboão, suor e lágrimas 85

Amor de mãe 87

Mil graus na terra da garoa 89

Gol contra 95

Gol de letra 99

Lágrimas de crocodilo e outros bichos 101

Antônio, o padrasto dos pobres 103

O pai da noiva 105

É agora ou nunca ("it's now or never") 109

Amanhã talvez 113

Deusas do cotidiano 121

Maria Mineira 123

Ao mestre, a eternidade 125

O grande *Minicine Tupy* 127

O pequeno príncipe 129

Fábrica de asas 131

Escola é da hora 135

Escritores da liberdade 137

Diproma de poeta 141

Sonho de giz 143

Caminho suave 147

Unidos da Pedra do Reino 151

Sobre Kichutes e chuteiras 153

Dia de Finados 155

Renas de Troia 159

Folha da amargura.. 163

Contos celulares nº 1 — Amigo é para essas coisas......... 165

Contos celulares nº 2 — Rélou my friend......................... 167

Contos celulares nº 3 — Quem é? 173

Oficina de poesia... 177

Os dias que não doem....................................... 179

Quem lê enxerga melhor.................................... 183

Caminhos poéticos da periferia......................... 189

Corsário das ruas.. 193

Amigos dão sorte.. 197

Posfácio — *Eliane Brum* 205

Caminhos de um poeta cidadão

O título deste livro diz, literalmente, a que veio. *Literatura, pão e poesia*. Se ao título juntarmos o autor, o sentido maior do livro se abre diante de nós. O autor é Sérgio Vaz, o escritor cidadão, o poeta ativista.

Para quem trabalha com tendências ou fica de olho nos novos horizontes da literatura, não há como não se dar conta da chegada da literatura marginal ou periférica que veio com força e garra na virada do milênio.

E, nesse contexto, Sérgio Vaz se destaca. Idealizador da Cooperifa, Cooperativa Cultural da Periferia, Sérgio, na realidade, cria uma metodologia própria de estímulo à leitura que rapidamente mostra seus resultados. No bar do Zé do Batidão, às quartas-feiras, uma multidão se reúne em torno da poesia e do mais legítimo e sedutor exercício da palavra.

O poeta vira-lata, como se autodenomina Sérgio Vaz, percebeu com maestria o poder político da aquisição e instrumentalização segura da palavra e torna essa descoberta um ativismo de inclusão social diário e obstinado.

Literatura, pão e poesia fala disso e do entorno desse ativismo. São crônicas, às vezes em namoro com a poesia, às vezes claramente descritivas, quase contos, às vezes um espaço de opinião e indagação.

Mas, no seu conjunto, diria que este é um livro de crônicas. Quando se fala em crônica, pensa-se no relato de situações cotidianas ou lembranças que emergem da memória num determinado momento e se transformam em literatura. É o caso de sua crônica

"Os brutos também amam" sobre seu primeiro amor, ou aquelas que desenham os perfis da fina flor da malandragem, do professor Said ou do seu Zagatti, e sua paixão indomável pelo cinema. Se eu fosse procurar ancorar essa visão da crônica nos textos aqui reunidos, diria que o imaginário do autor é cercado de livros, palavras e poesia por todos os lados. E, o que é importante sublinhar, esse universo é geograficamente delimitado política e afetivamente: estamos na periferia da zona sul de São Paulo. É disso que falam suas crônicas. De poesia e de um território bastante específico.

Literatura, pão e poesia começa como começam os saraus da Cooperifa: com uma forte interpelação. Somos chamados, logo no primeiro texto, intitulado "Novos dias", a não abrir mão do sonho nem da poesia mas de "punhos cerrados que a luta não para". Quase um manual de conduta. Esse é o lema que rege o livro (e o belo trabalho da Cooperifa). Mais do que sua identidade ou CPF, você vale quanto sonha e o que faz desse sonho.

No texto "Literatura das ruas", Sérgio Vaz nos oferece uma das muitas definições do alcance e da natureza da nova literatura da periferia. E o faz numa sucessão de citações e simulações de autores e romances clássicos, o que reforça a presença da grande literatura nos "quilombos modernos" da literatura da ruas. Esse recurso vai voltar em vários textos do livro, modulado em diferentes diapasões. Como se houvesse, no imaginário do autor, uma imensa biblioteca aderida em seu próprio corpo, acessível a qualquer momento e desejo. Um dos textos mais interessantes nesse caminho é a crônica "A poesia dos deuses inferiores", toda construída por nomes de livros ou autores — dessa vez, não os canônicos, mas aqueles da literatura marginal. No final, o autor nos brinda com "Dados bibliográficos" onde organiza os títulos e os autores mencionados. Aqui temos uma dupla variável. Num primeiro olhar, temos a impressão de que esses "deuses inferiores" precisam de registro e visibilidade. Num segundo, chama nossa atenção o teor da nota de pé de página, detalhando que, entre os citados, "ninguém morreu, ninguém matou, por isso não vale como estatísticas para a Segurança Pública". O sonho traduzido na efervescência de uma nova literatura e a luta contra a lógica estatística vigente para moradores das comunidades da periferia, apoiada apenas em dados criminais.

Daí também vem a força irônica presente no conto que dá nome a este volume:

> A periferia nunca esteve tão violenta: pelas manhãs, é comum ver, nos ônibus, homens e mulheres segurando armas de até quatrocentas páginas. Jovens traficando contos, adultos, romances. Os mais desesperados, cheirando crônicas sem parar.

É ainda tomando como referência a poesia que Sérgio Vaz escreve seu já antológico "Manifesto da antropofagia periférica", escrito por ocasião da Semana de Arte Moderna da Periferia, uma releitura periférica e antenada do Manifesto de Oswald de Andrade. Sugiro com ênfase um estudo comparativo dos dois manifestos e instintos antropofágicos ali registrados. O pesquisador, além de encontrar muito assunto para se debruçar, vai se deliciar espelhando e especulando sobre esses dois momentos sintomáticos do século XX e do século XXI, respectivamente.

Além da palavra e da poesia, como afirmei anteriormente, essas crônicas falam decisivamente de um território. Um território chamado M'Boi Mirim, Piraporinha, Chácara Santana, Campo Limpo, entre tantos bairros da periferia paulistana, moradia e compromisso maior do poeta. É lá que ele espalha uma poesia viral, capaz de um empoderamento visível através da palavra e que permite transformar vidas, disseminar sonhos e politizar desejos de um futuro melhor.

O território vai surgir de forma mais clara como personagem na crônica "Como nasce um taboanense", crônica e quase conto, um dos textos mais belos deste livro. Uma chegada, na realidade um batismo, feita de encontro, afeto e solidariedade que geram, de uma só feita, identidade e pertencimento. A partir daí são várias crônicas seguidas, como "Taboão dos Palmares", "Taboão, suor e lágrimas", "Amor de mãe" e outras nas quais a presença do local é tão forte que dele nasce uma fala, uma presença **real** do lugar que se transforma em protagonista quando menos se espera. Essa pegada literária do lugar-personagem é uma inovação interessante. Não é mais objeto dos devaneios românticos sobre a paisagem, não é mais fator determinista das ações como no Naturalismo, não é mais índice nacional como no Modernismo, nem cenário hiper-real do Pós-Modernismo. É um local eloquente, um fator literário e textual forte tão importante quanto seus habitantes. É onde surgem crônicas sobre a força da mulher, sobre os caminhos poéticos da educação, firmemente fincados no território e nele germinando um futuro diferente. Não é à toa que, na sequência, temos a crônica "Mil graus na terra da garoa", onde o poeta abre sua lente para toda a cidade de São Paulo e discute um ponto crucial das políticas culturais, sociais e urbanísticas contemporâneas: a relação entre centro e periferia e, nesse quadro, a interpelação da "literatura do morro arranhando os céus da cidade".

Enfim, lendo *Literatura, pão e poesia*, e sintonizando com o autor, que declara ler "livros como quem foge das galés", descortinamos a visão da literatura como carta de alforria, disseminada na periferia de São Paulo e em outras quebradas por esse corsário das ruas, o poeta Sérgio Vaz.

Heloisa Buarque de Hollanda[*]

---

[*] Professora titular de Teoria Crítica da Cultura da Escola de Comunicação da UFRJ, é autora e organizadora de livros como *26 poetas hoje* (Labor, 1976), *Esses poetas* (Aeroplano, 1998) e *Melhores poemas Armando Freitas Filho* (Global, 2010).

Novos dias
(dezembro/2008)

> *"Este ano vai ser pior...*
> *Pior para quem estiver no nosso caminho."*

Então, que venham os dias.

Um sorriso no rosto e os punhos cerrados que a luta não para.

Um brilho nos olhos que é para rastrear os inimigos (mesmo com medo, enfrente-os!).

É necessário o coração em chamas para manter os sonhos aquecidos. Acenda fogueiras.

Não aceite nada de graça, nada. Até o beijo só é bom quando conquistado.

Escreva poemas, mas se te insultarem, recite palavrões. Cuidado, o acaso é traiçoeiro e o tempo é cruel, tome as rédeas do teu próprio destino.

Outra coisa, pior que a arrogância é a falsa de humildade.

As pessoas boazinhas também são perigosas, sugam energia e não dão nada em troca.

Fique esperto, amar o próximo não é abandonar a si mesmo. Para alcançar utopias é preciso enfrentar a realidade.

Quer saber quem são os outros? Pergunte quem é você.

Se não ama a tua causa, não alimente o ódio.

Por favor, gentileza gera gentileza. Obrigado!

Os erros são teus, assuma-os. Os acertos também, divida-os.

Ser forte não é apanhar todo dia, nem bater de vez em quando, é perdoar e pedir perdão, sempre.

Tenho más notícias: quando o bicho pegar, você vai estar sozinho. Não cultive multidões.

Qual a tua verdade? Qual a tua mentira? Teu travesseiro vai te dizer. Prepare-se!

Se quiser realmente saber se está bonito ou bonita, pergunte aos teus inimigos, nesta hora eles serão honestos.

Quando estiver fazendo planos, não se esqueça de avisar aos teus pés, são eles que caminham.

Se vai pular sete ondinhas, recomendo que mergulhe de cabeça.

Muito amor, muito amor, mas raiva é fundamental.

Quando não tiver palavras belas, improvise. Diga a verdade.

As manhãs de sol são lindas, mas é preciso trabalhar também nos dias de chuva.

Abra os braços. Segure na mão de quem está na frente e puxe a mão de quem estiver atrás.

Não confunda briga com luta. Briga tem hora para acabar, a luta é para uma vida inteira.

O Ano-Novo tem cara de gente boa, mas não acredite nele. Acredite em você.

Feliz todo dia!

Felicidade
(maio/2011)

As coisas não nasceram para dar certo, somos nós que fazemos as coisas acontecerem, ou não. Acredito que a gente tem que ter um foco a seguir, traçar metas, viver por elas. Ou morrer tentando. Jamais queimar etapas e saber reconhecer quando é a sua hora.

O Acaso é uma grande armadilha e destrói os sonhos fracos de pessoas que se acham fortes. Não passar do tempo nem chegar antes. Preparar o corpo, o espírito, estudar o tempo e o espaço. Não ser escravo de nenhum dos dois. Observar as coisas que interferem no seu dia e na sua noite. E saber entender que há aqueles sem sol e sem estrelas e que a vida não deve parar só por isso. Ser gentil com as pessoas e consigo mesmo. E gentileza não tem nada a ver com fraqueza, pois, assim como um bom espadachim, é preciso ter elegância para ferir seus adversários. O que adianta uma boca grande e um coração pequeno? Nunca diga que faz, se não o faz.

Ame o teu ofício como uma religião, respeite suas convicções e as pratique de verdade, mesmo quando não tiver ninguém olhando. Milagres acontecem quando a gente vai à luta. Pratique esportes como arremesso de olhar, beijo na boca, poema no ouvido dos outros, andar de mãos dadas com a pessoa amada, respirar o espaço alheio, abraçar sonhos impossíveis e elogios a distância. E, em hipótese alguma, tente chegar em primeiro. Chegar junto é melhor, até porque o universo não distribuiu medalhas nem troféus. Respeite as crianças, todas, inclusive aquela esquecida na sua memória. Sem crianças não há razão nenhuma para se acreditar num mundo melhor. As crianças não são o futuro, elas são o presente, e se ainda não aprendemos isso, somos nós, os adultos, que tiramos zero na escola. Ser feliz não quer dizer que não devemos estar revoltados com as coisas injustas que estão ao nosso redor — muito pelo contrário, ter uma causa verdadeira é uma alegria que poucos podem ter.

Por isso, sorrir enquanto luta é uma forma de confundir os inimigos. Principalmente os que habitam nossos corações. E jamais se sujeite a ser carcereiro do sorriso alheio. Não deixe que outras pessoas digam o que você deve ter, ou usar. Ter coisas é tão importante quanto não tê-las, mas é você quem deve decidir. Ter cartão de crédito é bom, porém, ter crédito nele tem um preço.

Se possível, aprecie as coisas simples da vida, vai que no futuro... Adeus, pertences.

Esteja sempre disposto ao aprendizado, e não se esqueça de que quem já sabe tudo é porque não aprendeu nada. As ruas são excelentes professoras de filosofia, pratique andar sobre elas. Procure desvendar as máscaras do dia a dia, pois o segredo está no minúsculo, assim como um belo espetáculo do crepúsculo e o pequeno gesto das formiguinhas escondem a grandeza a ser seguida pela humanidade. Tenha amigos. Se não tem, seja. Eles virão.

Felicidade não se ensina, é uma magia, e o segredo está na disciplina de uma vida sem truques e sem fogos de artifícios. E não acreditem em poetas. São pessoas tristes que vendem alegria.

A fina flor da malandragem
(fevereiro/2011)

Duzão é piloto, o que dá fuga a essa malandragem. Na madrugada, a bordo de um Mercedes, dirige certo por vias tortas.

Aninha já passou o ferro em várias madames, dizem por aí que pra mais de vinte.

Cabeção tem olhar de rapina e um iceberg no coração, quando entra no banco já vai direto ao caixa.

Colorau não age na quebrada, gosta de fazer mansão.

Lu ganha a vida distribuindo suas ideias através de um pó branco comprimido, a molecada fica alucinada. Nada contra quem mexe, mas ela nunca meteu a mão no pó dos outros.

Vavá não pode ver carro parado que leva, se não der na chave, leva nas costas.

Lourival mete o cano desde criança, o pai se virava no alicate, e nunca teve medo de cerca elétrica.

Como teve problemas de berço, Mariana pega o filho dos outros e devolve por uma quantia mínima.

Julião põe medo em muita gente, também pudera, já enterrou vários com uma pá na mão.

Salete limpou a casa de Sonia, quem deu a fita foi a Rose, que, se bobear, limpa até a casa dos parentes.

Marcio resgatou Sales da cadeia e saiu do presídio pela porta da frente, ninguém fez nada.

Elizabeth quase não ri, é uma espécie de gerente da boca, na rua dizem que ela é a patroa.

Nego Jan vende tudo que pega: relógio, TV, DVD, eletrodomésticos em geral, carro, moto, corrente de ouro, roupa de marca e demais mercadorias. Sua lábia é mais afiada que lâmina de gigolô.

Zoio tem problemas com a injustiça e está no semiaberto, passa o dia na oficina e à noite dorme no terceiro andar. Quando podem, Guida e Preto Will, parceiros de caminhada, o visitam no domingo.

Luciana não tem medo de sangue, já ajudou a cortar vários desconhecidos, muitos cagam de medo de morrer na mão dela.

Wilsinho não tem medo de nada, já passou o revólver até no carro da polícia.

As pessoas acima são suspeitas de ter a coragem de trabalhar e enfrentar o dia a dia com a dignidade que só o sofrimento ensina, e, por mais simples que sejam, nunca se evadiram da responsabilidade de lutar.

A malandragem fica por conta de quem lê.

Vale quanto sonha
(maio/2007)

No meu registro de nascimento constam algumas informações a meu respeito, acho que no de vocês também. Lá tem meu nome e sobrenome, o nome dos meus pais e do responsável pelo cartório, cujo nome no momento não me lembro.

Quando alguém quiser saber onde nasci, a cidade e o estado, e só conferir no meu primeiro currículo pessoal.

Vai ver que, além da minha cor, parda, da cor dos meus olhos e dos meus cabelos, tem o dia, o mês e o ano em que vim ao mundo conhecer a humanidade.

Algum tempo depois, baseado nessas informações, deram-me um documento chamado identidade, com número e tudo, acompanhado das minhas digitais. Sem ela ninguém se responsabiliza pela minha existência, sem ela sou um indigente, mais um número para a assistência social. Sem ela eu não consigo a minha subsistência, nem você.

E para muitos, e durante muito tempo, a vida é apenas esse amontoado de números e letras acompanhado de uma foto 3 x 4. Acho que deve ser por isso que todo mundo fica feio nessa foto.

Mas há aqueles que sem prazo de validade não admitem a escravidão do acaso, e percebem que não são apenas números e datas acompanhados de uma foto amarelada. E diante disso, do inexplicável que é estar vivo, constroem sonhos com as próprias mãos, e estão sempre à procura do fogo. Da luz. Do silêncio sábio da escuridão.

Eles são documentados pelo tempo, pela nossa memória, eles nascem raros como a generosidade, e, apesar da certeza da morte, eles não perecem e renascem a todo instante. Em todos os lugares.

São os que realmente acreditam que há um céu na Terra, independentemente da religião em que acreditam, por isso não pregam, nem são pregados, todavia estão sempre com os braços abertos. Não disponíveis à cruz, mas ao abraço.

Não gastam o precioso tempo com nomes ou sobrenomes, chame-os do que quiser, eles virão. Porque eles não estão, eles são.

Surgem aos poucos, à tarde, pela manhã, ou à noite. Tanto faz se é domingo ou sexta-feira, dia dez, trinta de dezembro ou fevereiro.

Não se sabe ao certo de onde eles vêm, eles estão no mundo todo, dando gás aos desavisados. São brancos, negros, amarelos, gente de todas as cores, dores e lugares.

Aquarelas nos olhos enxergam o mundo colorido, apesar do preto e branco que impera.

Para eles, os sonhos são frágeis e ao menor toque de realidade podem se quebrar.

Presos à liberdade, riem do cotidiano.

Enquanto a maioria dorme, é essa gente que roda a manivela da humanidade.

Enquanto uns recitam o CIC e o RG, eles querem colocar o polegar na história, e sabem que ter documentos ou ser documento é uma escolha sua.

Você vale quanto sonha, porque viver é isso, ou você escolhe ou é escolhido.

Os brutos também amam
(setembro/2007)

Era um domingo de inverno, há quase trinta anos, quando eu conheci o amor pela primeira vez. Chegou a mim discretamente como se não quisesse fazer barulho para não me espantar nem causar estranhamento.

Enquanto dançava com os olhos fechados e o peito aberto, desfilava pelo baile, sem sair do lugar, carregando nos braços aquela que seria a lembrança mais feliz da minha vida: o primeiro amor.

Não me recordo bem se era Marvin Gaye ("Let's get it on") ou Bee Gees ("Reaching out") que rolava nas picapes, só consigo me lembrar de estar ali, com os lábios ansiosos pelo fogo desconhecido, implorando aos céus que aquele momento, que ainda nem havia acontecido, nunca acabasse.

Sem o menor traquejo com a poesia, e devoto da Santa Adolescência das Bocas Desamparadas, recitava em meus pensamentos coisas do tipo: "Deus, por favor, faça minhas pernas pararem de tremer". Se alguém um dia se encontrar com Deus, e se realmente Ele existir, pergunte, Ele vai confirmar.

Eu ainda não a tinha beijado. Pelo menos não pessoalmente, mas em sonho... com os olhos...

Enquanto a música brincava de ser feliz às minhas custas, colado àquele anjo, fui me deixando levar cantando baixinho o refrão ao seu ouvido: "Letis guere riron...". Letis guere riron?????!

Caramba, se não sei inglês hoje, imagine com quinze anos, coitada.

A adolescência tem cheiro de almíscar, sei disso porque esse era o perfume que ela usava nesse dia, e durante muito tempo esse aroma permaneceu impregnado na minha memória.

Tirando o cheiro de terra depois da chuva, almíscar tem cheiro de anos incríveis.

Sentindo o aroma da vida, fui lentamente virando meu rosto para o encontro daquela boca linda, sorrateiramente, como um colibri que rouba saliva da flor.

Havia pensado nesse momento há semanas, mais precisamente, quinze anos.

Nunca vou esquecer aquele beijo. Até porque foi o meu primeiro pra valer, no rosto não conta, sem amor então... E, segundo, porque quase quebrei o sorriso dela.

Beijei-a por uma tarde inteira com todas as bocas que tinha o meu pequeno coraçãozinho de menino apaixonado. Que tarde. E que boca.

Beijei-a com todos os meus cincos sentidos, e quase fiquei sem os sentidos por conta disso. Quase que morro no meu primeiro dia de vida.

Com os olhos fechados, beijei-a como quem agradece por estar vivo.

Por conta dessa troca divina de saliva, e, na dúvida, nunca mais cuspi no chão.

Nos anos setenta, época mais brava da ditadura no Brasil, eu estava ali, com a cara cheia de espinhas, exercitando a minha revolução: o primeiro amor.

Resolvi escrever sobre isso porque acabo de receber o convite de casamento de dois grandes amigos. E como sou testemunha desse amor, quero lembrá-los de que, por mais bela que seja a lembrança do primeiro beijo ou do primeiro amor, nada, absolutamente nada é mais importante que o último.

Ah, também me lembrei de uma outra coisa, os dias não envelhecem. E todo dia é pra sempre.

Na minha insônia,
até que os olhos se fechem,
o problema é o coração,
é ele que não dorme.

Pode crer, amizade!
(junho/2007)

A amizade sempre foi e é um dos combustíveis da minha vida. Como poeta então... é quase impossível caminhar sem eles, os amigos. Sempre fui um cara de gangue, de turma, de galera, de patota, enfim, sempre rodeado de gente. Não que todos fossem meus amigos e que eu fosse amigo deles, mas o coletivo era o que imperava, e impera até hoje. Quem é sabe do que estou falando.

Muitos anos se passaram e são poucos os que sobreviveram ao tempo, para minha tristeza e para minha alegria. Coração de poeta é terra que ninguém pisa, quem consegue entender? Não é fácil fazer amizade e é difícil ter amigos, apesar da quantidade de pessoas que a gente conhece ao longo do caminho. É gente que chega, é gente que vai. Tem os que ficam e os que permanecem, entendeu?

Juntar gente não é tão difícil, mas...

O tempo passou e os amigos ainda são a vitamina da minha da alma, o sangue que se alimenta das veias, que mais parecem estradas que levam ao coração. Muita coisa mudou. Mudei também.

Estou mais esperto, mais arisco, mais seletivo, mais burro e mais emotivo.

Cada porrada que levo, eu digo: "Esta é a última!", e logo estou lá de novo, com a cara pra bater. E quando penso que estou melhorando como pessoa, vou lá e dou mancada também. Roda-viva desse sentimento maluco, a amizade. Nem sempre para no lugar certo.

Nos meus primeiros passos de poeta, era comum sentir o apoio das pessoas, coisas do tipo: "Aí, te dou a maior força, se precisar de mim..."; pior que eu sempre estava precisando e na maioria das vezes quase ninguém percebia, ou fingia que não. Mas que se dane, ninguém tem nada a ver com as minhas escolhas e com os meus caminhos. Uma das coisas que eu sempre soube é onde queria chegar, não quando, mas como. E eis-me aqui colocando o polegar na história... Será?

A vida é irônica. E de boba não tem nada, nós que às vezes pagamos de vítima, assim como eu estou fazendo agora. Já fui ajudado por muitos estranhos e esquecido por muitos amigos (?).

Em alguns lugares era bem-vindo, em outros roubava a brisa. Para uns dava sorte, para outros, era zica. Vai vendo o dilema. Sair de casa não era muito fácil. Chegar em casa era mais difícil ainda.

Amizade para mim sempre foi tudo. Sou do tempo de ficar de mal, não de fazer o mal.

Hoje, parece que é comum, para algumas pessoas que estão ao nosso lado, nos abraçarem com uma mão e, com a outra, apunhalar-nos com a adaga triste da covardia.

Sei não, tem algo no meu coração que ele não quer falar pra mim. Acho que é bom eu nem ficar sabendo, já tenho amigos de menos.

Mas não é o caso de colocar uma placa no peito: Procuram-se amigos.

Amigos não se encontram em portas de imobiliárias ou prateleiras de supermercado.

Não são pedaços de carne — de primeira ou de segunda —, suspensos no açougue, nem são miudezas de armarinhos, coisas que estão expostas nas vitrines.

Amigos, os verdadeiros, não se pode contá-los, conta-se com eles, ou não. Quantidade? Qualidade? Às vezes, quem soma só subtrai.

Amigos não têm remédios para as nossas dores, eles são o pronto-socorro e pronto!

Essa gente, que chamamos de amigos, fica bêbada com a gente, sem sequer colocar uma gota de cerveja na boca. Mentira. Um amigo não te deixa beber sozinho. Nunca.

Rir com um amigo, conhece uma religião melhor? O brilho desse olhar é a igreja mais linda que existe. Uma piada, um poema, juntos mais parecem uma oração. Amigos, ô glória!

Amigos não são aqueles a quem você pede perdão, mas aqueles que a gente perdoa, sempre.

Os que nos abandonam não são nossos amigos, amigos não abandonam, só não estão presente, nem futuro, e daí? Os momentos amigos... se liguem nos momentos... O passado passa.

Amigos não são como quinquilharias que se pode comprar e pendurar na parede para que a poeira se encarregue do esquecimento. Tem gente que coleciona amigos como quem coleciona chaveirinhos.

Já perdi muitos amigos e muitos estavam vivos quando se foram. Uns se foram bem diante dos meus olhos, a poucos metros de minhas mãos. Não conheço a eternidade, por isso preferiria que eles estivessem ao meu lado. Deus me paga.

Vou aproveitar os que estão à minha volta, vai que não tem céu, e se a gente não se encontrar mais?

Como se descobre um amigo? Não se descobre um amigo, se cobre os amigos. De ouro, de prata e de abraços.

Se não tem amigos, seja, que eles virão.

Guerreiros da chuva
(sem data)

*"A felicidade era um lugar estranho. Lá, os meninos, após a chuva,
comiam o arco-íris e saíam coloridos pela rua jogando futebol.
O futuro era decidido no par ou ímpar, e o passado
simplesmente não existia."*

Uma noite dessas estava na rua quando os céus resolveram dar banho nos pés da cidade de Taboão da Serra. Confesso que há muito não reparava a beleza da chuva. Lógico que também conheço seus efeitos colaterais e não sou tão poeta a ponto de esquecer seus estragos, mas hoje, com os olhos úmidos dessa lembrança, queria falar de uma outra chuva, a que não afoga as lembranças.

Uma das coisas mais bacanas da infância era tomar banho de chuva na rua.

O futebol rolando... Os nossos corpos miúdos abençoados pelo suor da vida, um coração pequeno sambando dentro do peito e, de repente, como uma bênção dos deuses, a chuva vinha e varria todas as impurezas da nossa realidade. (Atenção: se você fechar os olhos aos poucos, é bem capaz que você ainda consiga sentir o perfume de terra molhada.) Corríamos como loucos de um lado para o outro, gritando palavras desconexas e tentando engolir toda a água para o céu de nossa boca.

De braços abertos, ríamos como anjos embriagados e afrontávamos a tristeza, que frequentemente insistia em nos visitar.

Com a alma lavada, ainda sob o efeito da vida plena, perseguíamos o arco-íris, não atrás do tal pote de ouro — o ouro já era nossa própria alegria —, mas para contemplar suas cores.

Na minha tribo de guerreiros da chuva, a maioria tinha olhos pretos e castanhos e, apesar do futuro em preto e branco, víamos tudo colorido.

Enquanto eu lembrava desse tempo de moleque do arrabalde, a chuva foi parando, e, como era noite, ainda pude ver as luzes distorcidas refletidas no asfalto molhado.

Vi também as goteiras que rolavam das calhas das casas, que mais pareciam lágrimas quando estão prestes a secar. Será que as calhas choram o fim da inocência?

Depois de crescido, já me molhei várias vezes (praguejei todas elas), mas nunca mais tomei banho de chuva. Nunca mais com aquela mesma alegria. Nunca mais com aquela mesma sede de viver, e como se nunca mais houvesse outro dia.

Acho que depois que a gente cresce a gente fica pequeno.

Hoje, com o coração árido, só consigo cuspir raios e trovões, e sem previsão, quando não garoa, estou sujeito a tempestades.

Você é aquilo que faz quando ninguém está vendo.

Literatura das ruas

(abril/2006)

A literatura é uma dama triste que atravessa a rua sem olhar para os pedintes, famintos por conhecimento, que se amontoam nas calçadas frias da senzala moderna chamada periferia. Frequenta os casarões, bibliotecas inacessíveis ao olho nu e prateleiras de livrarias que crianças não alcançam com os pés descalços.

Dentro do livro ou sob o cárcere do privilégio, ela se deita com Victor Hugo, mas não com *Os miseráveis*. Beija a boca de Dante, mas não desce até o inferno. Faz sexo com Cervantes e ri da cara de *Dom Quixote*. É triste, mas *A rosa do povo* não floresce no jardim plantado por Drummond.

Quanto a nós, *Capitães da areia* amados por Jorge, não restou outra alternativa a não ser criar o nosso próprio espaço para a morada da poesia. Assim nasceu o Sarau da Cooperifa.

Nasceu da mesma "Emergência" de Mario Quintana e, antes que todos fossem embora pra Pasárgada, transformamos o boteco do Zé Batidão num grande centro cultural.

Agora, todas as quartas-feiras, guerreiros e guerreiras de todos os lados e de todas as quebradas vêm comungar o pão da sabedoria que é repartido em partes iguais, entre velhos e novos poetas, sob a bênção da comunidade.

Professores, metalúrgicos, donas de casa, taxistas, vigilantes, bancários, desempregados, aposentados, mecânicos, estudantes, jornalistas e advogados, entre outros, exercem a sua cidadania através da poesia.

Muita gente que nunca havia lido um livro, nunca tinha assistido a uma peça de teatro ou feito um poema começou, a partir desse instante, a se interessar por arte e cultura.

O Sarau da Cooperifa é nosso quilombo cultural.

A bússola que guia a nossa nau pela selva escura da mediocridade.

Somos o grito de um povo que se recusa a andar de cabeça baixa e se prostrar de joelhos.

Somos o *Poema sujo* de Ferreira Gullar.

Somos *O rastilho da pólvora*.

Somos "Esse punhado de ossos", de Ivan Junqueira, tecendo a manhã de João Cabral de Melo Neto.

Neste instante, neste país cheio de Machados se achando serra elétrica, nós somos a poesia: essa árvore de raízes profundas, regada com a água com que o povo lava o rosto depois do trabalho.

É proibido chorar
(setembro/2006)

Em um dos meus textos em que eu falava sobre as dificuldades de lançar meu livro e, ao mesmo tempo, de suportar as dores diárias da sobrevivência, muita gente se identificou com a minha luta.

Nenhuma surpresa nisso, pois desde que nascemos as pedras espreitam nosso caminho.

E a briga pelo leite, o choro, já era o nosso grito de que não aceitaríamos tudo calados.

Infelizmente, alguns deixaram de gritar, por isso, choram até hoje. Não tenho dó de quem sofre, tenho raiva de quem faz sofrer.

Sei de vários que estão na luta e merecem o meu e o nosso respeito: são os quixotes da periferia.

Não só os da periferia geográfica, mas todos os que vivem no centro do esquecimento da humanidade, quer seja artista (?), ou não. Aliás, ser artista neste país não é um privilégio, e sim um castigo, não sei por que tem tanta gente metida a besta só por conta disso.

Tristes figuras. Às vezes, os vejo por aí, os guerreiros, correndo atrás de sonhos e também me vejo neles, sou um deles também, nunca deixei de sonhar, coleciono pedras, mas também semeio quimeras. Vejo e me identifico com a luta, outras vezes, observo-os em silêncio e penso no que será que eles estão pensando, ou como deve ser a casa deles, e, na maioria das vezes, quantos inimigos devem ter. E a única coisa da qual tenho certeza e sei é sobre o que eles comem: poeira e lama. Seja procurando um emprego no centro da cidade, um CD demo debaixo do braço, uns poemas numas folhas de sulfite amareladas e sujas ou um simples bico de pedreiro, boa parte desses guerreiros passa a vida lutando e não se importa com as portas pesadas que cada vez se fecham mais para a nossa gente, que nasce sem as chaves certas e programadas.

A chave de tudo é não desistir, não há outra saída que não a ousadia, a perseverança e a teimosia.

Devíamos abolir a palavra "covardia" do dicionário. Devíamos proibi-la de ser mencionada em nossos lares, nas ruas, nas escolas, nas praças e em todo o país. Medo não é covardia. Não enfrentar o medo é que é covardia. Chega de contar os mortos, muitos deles vivos entre nós. A hora é de alimentar a vida e evitar a água potável que nos servem no conforto do lar, vamos matar a sede na fonte dos rios, lá onde bate o coração daqueles que não se entregam antes da luta. Lágrimas não enchem barriga e as desculpas são sempre as mesmas, e, o que é pior, são sempre os mesmos nos muros das lamentações.

Vamos derrubar o muro, agora! Está proibido chorar sem lutar. Está proibido chorar se não for por momentos de felicidade.

Não dá mais pra esperar, as quebradas estão mais quebradas do que nunca e precisamos estar inteiros para consertá-las. Agora é a hora!

Está proibido também dar o ombro para o outro chorar, que vá chorar no inferno ou no raio que o parta. Temos que andar com os braços abertos: uma mão para puxar quem está atrás e a outra para segurar na mão de quem está na frente.

Arregace as mangas e não se esqueça de que os covardes são presas fáceis para o destino.

A poesia dos deuses inferiores[1]
(fevereiro/2008)

A **Guerreira** em questão morava no topo da favela, lá, onde **subindo a ladeira mora a noite**, e chegava do trabalho pelas dez. Um ônibus lotado, mas o que doía mesmo era **o trem**.

Chegou em casa, e o suposto marido, **graduado em marginalidade**, já estava louco de cachimbo na **cidade de Deus** onde todos foram esquecidos, o noia era conhecido como **colecionador de pedras**.

Um dia já foi trabalhador, mas... **Pensamentos vadios** são foda.

Elizandra já não suportava mais essa vida, mas não se sabia por que vivia pelo **vão** da felicidade, enquanto o desgraçado do **Ademiro** vivia na **fortaleza da desilusão**. E assim viviam **a vida que ninguém vê**.

No sábado, hoje é quinta, ela vai matar o desgraçado, só que ela ainda não sabe, nem ele, por isso seguia **sobrevivendo no inferno** no seu **castelo de madeira, noite adentro**, planejando o assassinato.

---

[1] Baseado em fatos que não aconteceram, mas que poderiam ter acontecido facilmente. De verdade, ninguém morreu, ninguém matou, por isso não vale como estatísticas para a Segurança Pública.

Pronto, já é sábado — resolvi cortar a sexta-feira e partir direto para os acontecimentos.

Quando **Elizandra** chegou, moída do trabalho, encontrou novamente o traste bem louco na cadeira no canto da cozinha.

A casa estava imunda, um **quarto de despejo**. Foi a gota-d'água. Ela o matou com o tiro bem no meio da cabeça.

Foi assim:

Há alguns dias ela tinha conseguido um revólver emprestado de um admirador, que não via a hora de o noia se mudar do **Capão Pecado** para ele logo se entocar na goma do malandro.

A **Guerreira** já chegou decidida, o zoio estava pegando fogo, vixe, ela era o próprio **manual prático do ódio**.

Chegou no barraco **às cegas**, mas qualquer um podia sentir **o rastilho da pólvora** que ela trazia no olhar.

Estava ali, **de passagem, mas não a passeio**, e pensando que deve ficar **cada tridente em seu lugar**, ou seja, ela feliz, ele a caminho do inferno.

Já podia vê-lo no cemitério no buraco do terrão, tipo **desenho do chão**.

Ela o chamou pelo nome:

— **Ademiro**, vou te dar uma letra.

Ele olhou para ela e para o cano do cano do **brinquedo assassino** que ela trazia nas mãos.

— Eita porra, que porra é essa?

— Acabou!

Disse mais um monte de coisa e gastou toda a sua **gramática da ira** contra o aspirante a defunto.

Dizem alguns vizinhos que ela deu várias letras, mais ou menos **85 letras** e um disparo.

O barraco virou um **angu de sangue**, deu até no *Notícias Jugulares*: "Morre noia que batia na mulher".

A vizinha, que lia a manchete, olhou para o dono da banca e disse:

— A morte desse verme foi **um presente para o gueto**.

Dados bibliográficos:

Guerreira, O trem: **Alessandro Buzo**

Subindo a ladeira mora a noite, Pensamentos vadios, Colecionador de pedras: **Sérgio Vaz**

Graduado em marginalidade, 85 letras e um disparo: **Ademiro Alves (Escritor Sacolinha)**

Cidade de Deus: **Paulo Lins**

Às cegas: **Luiz Alberto Mendes**

Vão: **Allan da Rosa**

Fortaleza da desilusão, Capão Pecado, Manual prático do ódio: **Ferréz**

A vida que ninguém vê: **Eliane Brum**

Sobrevivendo no inferno: **Racionais MC's**

"Castelo de madeira", "Brinquedo assassino": **A Família**

Noite adentro: **Robson Canto**

Coletivo Mijiba: **Elizandra Souza**

Quarto de despejo: **Carolina Maria de Jesus**

De passagem mas não a passeio: **Dinha**

O Rastilho da Pólvora: **Antologia do Sarau da Cooperifa**

Cada tridente em seu lugar: **Cidinha da Silva**

Desenho do chão: **Silvio Diogo**

Gramática da ira: **Nelson Maca**

Angu de sangue: **Marcelino Freire**

Notícias jugulares: **Dugueto Shabazz**

Um presente para o gueto: **Fuzzil**

A verdadeira arte não embala os adormecidos.
Desperta-os.

Literatura, pão e poesia
(julho/2007)

A literatura na periferia não tem descanso, a cada dia chegam mais livros.

A cada dia chegam mais escritores e, por consequência disso, mais leitores. Só os cegos não querem enxergar este movimento que cresce a olho nu, neste início de século. Só os surdos não querem ouvir o coração deste povo lindo e inteligente zabumbando de amor pela poesia. Só os mudos, sempre eles, não dizem nada. Esses custam a acreditar.

Não quero nem falar dos saraus que estão acontecendo, aos montes, pelas quebradas de São Paulo. Isto me tomaria muito tempo, haja vista as dezenas de encontros literários, pipocando nas noites paulistanas. Cada qual do seu jeito, cada qual com seu tema, cada qual à sua maneira de cortejar as palavras.

Mas o que eu quero falar mesmo é da poesia que se espalhou feito um vírus no cérebro dos homens e mulheres da periferia. Pois é, essa mesma poesia que há tempos era tratada como uma dama pelos intelectuais hoje vive se esfregando pelos cantos dos subúrbios à procura de novas emoções.

O tal poema, que desfilava pela academia, de terno e gravata, proferindo palavras de alto calão para plateias desanimadas, hoje, anda sem camisa, feito moleque pelos terreiros, comendo miudinho na mão da mulherada.

Vocês, por acaso, já ouviram falar do tal poema concreto? Pois é, os trabalhadores e desempregados estão construindo bibliotecas com eles, nas favelas. E o Lobo Mau pode assoprar que não derruba. Apesar da pouca roupa que lhe deram, está se sentindo todo importante com sua nova utilidade.

A periferia nunca esteve tão violenta: pelas manhãs, é comum ver, nos ônibus, homens e mulheres segurando armas de até quatrocentas páginas. Jovens traficando contos, adultos, romances. Os mais desesperados, cheirando crônicas sem parar. Outro dia um cara enrolou um soneto bem na frente da minha filha. Dei-lhe um acróstico bem forte na cara. Ficou com a rima quebrada por uma semana.

A criançada está muito louca de história infantil. Umas já estão tão viciadas, e, apesar de tudo e de todos, querem ir para as universidades. Viu, quem mandou esconder ela da gente, agora a gente quer tudo de uma vez!

Dizem por aí que alguns sábios não estão gostando nada de ver a palavra bonita beijando gente feia.

Mas neste país de pele e osso, quem é o sábio? Quem é o feio? E olha que a gente nem queria o café da manhã, só um pedaço de pão. Que comam brioches!

Não, não é *Alice no país das maravilhas*, mas também não é o inferno de Dante.

É só o milagre da poesia.

O Machado, o talarico e a racha[2]
(outubro/2008)

Há exatos cem anos morria um dos maiores escritores afrodescendentes que já existiram no país, Machado de Assis.

Neto de escravos alforriados e nascido no Morro do Livramento, Rio de Janeiro, o fundador da Academia Brasileira de Letras e autodidata bem que poderia ser hoje um dos maiores representantes da literatura periférica/marginal dos nossos tempos, né não?

Há quem o acuse de pagar um pau para a elite da época, de esconder suas raízes negras e de se acovardar diante dos dramas sociais da sua quebrada, principalmente sobre a questão da escravidão. Essas ideias podem ser coisa de branco, mas também podem ser coisa de preto. Tem que investigar, porque quando o bagulho de preto é bom... uns acham que está branco, ou preto demais.

---

[2] Alguns escritores usam palavras muito difíceis de se compreender ou expressões em outros idiomas, os quais, se quisermos entender, temos de recorrer ao dicionário (de línguas). As palavras com asteriscos são expressões usadas no dia a dia das ruas e não constam em nenhum dicionário, e se alguém quiser saber o seu significado vai ter de conhecer as pessoas que as usam.

Por conta de um trabalho que vou fazer, estou relendo *Dom Casmurro*, o romance mais poético que eu já li na minha vida — depois de *Confesso que vivi*, do Neruda —, e, a cada releitura, a história muda na minha ideia. O livro tem uma magia da porra.

Quando eu li a primeira vez, achava que Escobar tinha talaricado* a mulher do Bentinho, Capitu, que, por conta disso, tinha sido a maior galinha da época, e que com sua traição tinha destruído uma das maiores amizades literárias que eu já tinha visto desde *Capitães da areia*, de Jorge Amado.

Passando um pano no livro,* agora mais ligeiro, estou meio na encolha com o texto, pois estou achando que o Bentinho não estava com ciúmes da mina, mas sim do truta* dele, o Escobar. É.

Acho que, no desbaratino,* o mano Bentinho nutria outro tipo de afeto pelo mano e a menisquência* não é nem tanto pela mina, mas mais pelo cara. Vai vendo a fita.

Fosse nos dias de hoje, e o Bentinho não fosse um curva de rio,* o talarico* do Escobar correria um sério risco de morrer e ninguém iria poder falar nada. Já Capitu...

Independentemente da data comemorativa, este livro é muito gostoso de ler.

Aí, voltando ao tema da sua negritude ou não, caiu em minhas mãos o livro *Machado de Assis, afrodescendente*, de Eduardo Assis Duarte, que mostra que ele não foi tão bunda-mole assim como alguns estão dizendo.

"Quem lê enxerga melhor."

Manifesto da antropofagia periférica
(setembro/2007)

A periferia nos une pelo amor, pela dor e pela cor.

Dos becos e vielas há de vir a voz que grita contra o silêncio que nos pune.

Eis que surge das ladeiras um povo lindo e inteligente galopando contra o passado.

A favor de um futuro limpo, para todos os brasileiros.

A favor de um subúrbio que clama por arte e cultura, e universidade para a diversidade.

Agogôs e tamborins acompanhados de violinos, só depois da aula.

Contra a arte patrocinada pelos que corrompem a liberdade de opção.

Contra a arte fabricada para destruir o senso crítico, a emoção e a sensibilidade que nascem da múltipla escolha.

A arte que liberta não pode vir da mão que escraviza.

A favor do batuque da cozinha que nasce na cozinha e sinhá não quer.

Da poesia periférica que brota na porta do bar.

Do teatro que não vem do "ter ou não ter...".

Do cinema real que transmite ilusão.

Das artes plásticas, que, de concreto, querem substituir os barracos de madeiras.

Da dança que desafoga no lago dos cisnes.

Da música que não embala os adormecidos.

Da literatura das ruas despertando nas calçadas.

A periferia unida, no centro de todas as coisas.

Contra o racismo, a intolerância e as injustiças sociais das quais a arte vigente não fala.

Contra o artista surdo-mudo e a letra que não fala.

É preciso sugar da arte um novo tipo de artista: o artista-cidadão.

Aquele que na sua arte não revoluciona o mundo, mas também não compactua com a mediocridade que imbeciliza um povo desprovido de oportunidades.

Um artista a serviço da comunidade, do país.

Que, armado da verdade, por si só exercita a revolução.

Contra a arte domingueira que defeca em nossa sala e nos hipnotiza no colo da poltrona.

Contra a barbárie que é a falta de bibliotecas, cinemas, museus, teatros e espaços para o acesso à produção cultural.

Contra reis e rainhas do castelo globalizado e quadril avantajado.

Contra o capital que ignora o interior a favor do exterior.

Miami pra eles? "Me ame pra nós!"

Contra os carrascos e as vítimas do sistema.

Contra os covardes e os eruditos de aquário.

Contra o artista serviçal escravo da vaidade.

Contra os vampiros das verbas públicas e da arte privada.

A Arte que liberta não pode vir da mão que escraviza.

Por uma Periferia que nos une pelo amor, pela dor e pela cor.

É tudo nosso!

Sugestões poéticas para o acordo ortográfico e outros acordos[3]

(janeiro/2009)

Este acordo é meramente sugestivo, portanto restringe-se à língua que o povo fala nas ruas, não afetando nenhum aspecto da língua escrita (a academia pode ficar tranquila). Ele não elimina, infelizmente, as diferenças e injustiças que, através da ortografia, são observadas nos países cujo idioma oficial é aquele que o povo não tem direito de aprender, mas é um passo em direção à pretendida unificação das ideias das pessoas que realmente amam este país.

O alfabeto passa a ter 26 letras. Foram reintroduzidas as letras k, w e y.

O analfabeto completo passaria a ser aquele que sabe juntar as letras e não as junta, nem sequer ajuda os outros a juntarem. E o que é pior, muitos deles ainda se julgam letrados.

A B C D E F G H I J K L M N O P Q R S T U V W X Y Z

* Vale também o improviso.

---

[3] Aprecie com moderação.

Trema

Não se usa mais o TREMA. Em hipótese alguma.

Está decretado em todo lugar deste país que, diante de qualquer injustiça, covardia e falta de respeito com a população, a palavra de ordem seria: não TREMA!

Exemplo:

Como era: aguentar

Como fica: bateu, levou.

* Atenção: o trema aparece apenas nas palavras estrangeiras e no passado sombrio da ditadura.

Mudanças nas regras de acentuação e outras regras

1. ESCOLA na periferia tem muito assento, de 40 a 45, quando o ideal é tirar 20 ou 25.

E, para compensar, um aumento no número de assentos nas universidades públicas do país.

2. PROFESSOR deixa de ser uma palavra para ser um sentimento, e zero à esquerda, como quer o governo, passaria a valer nota dez, e com mais zeros à direita.

3. EDUCAÇÃO passa a ser uma equação matemática com investimento ao cubo (exemplo: $2 + 2 = 5$), sem pedagogia com raiz quadrada.

Exemplo: criança + escola de qualidade = nação com futuro.

4. CRIANÇA passa a ser um verbo praticado sem miséria, descaso ou abandono. Com direito à casa, comida e cidadania.

A criança passa a ser uma superproparoxítona com assentos em todas as etapas de sua vida. E todas as crianças, sem nenhuma exceção, têm o direito de usar os assentos da mesa para comer o objeto direto, nesse caso a comida digna, com direito à sobremesa, e tanto faz se for geleia com acento ou sem acento. E caso alguma autoridade contestasse, que o povo nas ruas lhe tirassem o assento. Sem acento no dó nem piedade.

5. A palavra DESEMPREGO não pode mais ser pronunciada nas portas das fábricas, e o EMPREGO não pode mais estar ligado à palavra escravidão, para que os homens e as mulheres não sejam escravos dos ditongos cujos do poder, e para que os trabalhadores e trabalhadoras não andem mais naquela tanga danada em que vivem atualmente os assalariados dos subúrbios brasileiros.

* Outra coisa, as palavras "não", "há" e "vagas" jamais poderão ser escritas juntas.

6. CORRUPÇÃO deixa de ser apenas uma palavra com 9 letras para ser um crime, punido com 90 anos de prisão.

7. O SUJEITO decente não pode nem deve ser prejudicado. Para que isso se confirme, a justiça, que é cega, ficaria terminantemente proibida de fazer transplante de córneas.

8. As palavras AMIZADE, BONDADE, CORAGEM, CARÁTER E AMOR devem ser suprimidas do dicionário e escritas pelos nossos corpos, como uma segunda pele, para que o suor dignifique-as toda vez que a gente as pronunciar.

9. POBREZA nem com Z, nem de espírito.

10. Ficam banidas as palavras TOXÍTONAS que servem apenas para o privilégio de poucas pessoas, que acham todas as outras "PARA-OXÍTONAS".

11. ARROGÂNCIA e VIOLÊNCIA deveriam ter dois "esses", que era para identificar o imbecil que as praticasse.

Uso do hífen

O Super-Homem é um superbobo. O Ser Humano passa a ter mais poderes.

As demais palavras devem ser consultadas com mais seriedade no guia prático da nova ortografia.

Revolucionário é todo aquele que quer mudar o mundo e tem coragem de começar por si mesmo.

O riso do palhaço sem alegria
(junho/2007)

Outro dia alguém, não sei bem por que e quando, me disse que a vida era um presente divino, que devíamos saber aproveitá-la e jamais esquecer de agradecê-la a quem quer que fosse o padrinho. E que por pior que se apresentasse a vida, estar vivo era um milagre dos céus.

— Deus sempre sabe o que faz — enfatizou o amigo filósofo de botequim, cheio de paz no coração e repleto de alegria artificial na cabeça.

Fiquei meio assim com essa ideia de que a vida é um presente, porque outro dia também ouvi de um mendigo agradecido pelas sobras de um almoço: — A cavalo dado não se olham os dentes. Nesse mesmo dia o vira-lata ficou sem o seu almoço na lata de lixo. As migalhas não escolhem os miseráveis, elas são presentes do acaso.

É preciso estar no lugar certo, na hora certa, nos dizem as pessoas que embrulham os presentes. Mas como os pobres e os vira-latas não têm relógio, sempre chegam atrasados. Assim como os ônibus.

Não sei quem me disse que para entender a vida era preciso conhecer a palavra de Deus, mas como ele nunca apareceu pessoalmente... Durante muito tempo, acreditei nos mandamentos dos publicitários. Lembram aquela profecia: "O mundo trata melhor quem se veste bem"? Pois é, o mundo só dá crédito para quem tem crédito.

E aí, se a vida é agora, vida loka ou vida besta? Descobrir tem seu preço.

Na verdade, acho que a vida é uma das coisas mais engraçadas que o mundo nos dá, e que por isso mesmo muitas vezes não tem graça nenhuma. Não é que eu seja mal-agradecido e ria menos que devia para o destino, mas é que tem umas coisas que acontecem...

Vai vendo a ironia do destino: tenho um amigo que estava já há algum tempo desempregado, vivendo de bicos — sei que tem muita gente que não sabe, mas viver de bico não tem graça nenhuma. Ele agora faz bico em uma loja de sapatos, e a coisa mais engraçada é que ele não é vendedor, nem gerente, nem faxineiro; meu amigo é o palhaço da loja. É. Ele fica na frente da loja vestido de palhaço, fazendo graça para as pessoas que passam. Parece legal, né? Mas não é.

Quando eu o vi e o reconheci até que foi meio divertido, não sei se porque o patrão estava olhando, mas seus olhos e a maquiagem malfeita o traíram. Estava triste.

Puxa, pensei, um homem desempregado não deveria ser palhaço, ser palhaço não é uma profissão, é um estado de espírito, um dom. Taí, um presente.

Que tristes tempos nós vivemos, em que os circos se foram para o nunca mais e os palhaços-trapezistas habitam as lojas de sapatos.

Também tentei fingir e ri um riso falso de poeta que tem a boca desbotada, para que ele, talvez, se mantivesse digno em seu novo emprego; para que ele, talvez, se mantivesse firme na corda bamba dessa vida, que mais parece sapato sem cadarço para os que têm pés de chinelo e pegadas miúdas que rastreiam o chão duro da felicidade que nunca vem.

Despediu-se de mim com os olhos e partiu arrastando sua tristeza oculta em outra direção.

Ele se aproximou de uma menininha que se afastou meio com medo.

A mãe, sem graça, disse:

— Não tenha medo, minha filha, é só um palhaço.

"Quem dera" — pensou ele.

"A vida não é engraçada? Um homem triste a fazer sorrir os outros!", disse a voz do destino, segurando um cartão de crédito sem limites numa mão e um peito vazio na outra.

Sem saber como chorar, ele respondeu com os olhos:

— Não, mãe, não é só um palhaço, é um homem sem emprego, desfrutando o presente da vida.

O que mais dói é saber que há outros desempregados, e que muitos deles, cegos, viram atiradores de facas.

O inferno somos nós

(abril/2007)

No último dia 2 de abril, segunda-feira, uma bala perdida encontrou mais uma criança em seu caminho, e para a nossa tristeza, a pequena Jenifer, de apenas três anos de idade, não resistiu ao ferimento e faleceu na sexta-feira, em Itapecerica da Serra.

Nesse mesmo dia, essas mesmas balas perdidas vitimaram outras duas crianças no estado de São Paulo. Que saudades das balas Juquinha...

Sabe quem está matando essas crianças? Somos nós, os tais pagadores de impostos. A tal civilização do século vinte um. Nós, os seguidores de Cristo, que as tratamos como pequenos demônios.

A tal turma do bem que liga para um número 0800 do *Criança Esperança* e transfere a responsabilidade para uma rede de televisão. Aliás, Deus vê TV?

A sociedade, como um todo, aperta esse gatilho e tem o sangue delas nas mãos. O cheiro da pólvora infesta nossas narinas e nos comportamos como quem não tem nada a ver com isso. O nosso silêncio é coautor desses crimes, e não importa a veracidade dos nossos álibis.

Jenifer poderia ser bailarina, médica, engenheira, dentista ou simplesmente ter um futuro, mas por conta do nosso instinto homicida, ela é apenas um número de estatística... um triste número de estatística.

Um número no atestado de óbito. Um número na placa do cemitério. E, a não ser pela família, um número para ser esquecido.

Pelo que sei, a mãe era catadora de papel, talvez por isso não houve nenhuma passeata pela paz, no parque do Ibirapuera. Parece clichê, mas não é, a carne do pobre é a mais barata do mercado.

Dizem que o homem é a imagem e semelhança de Deus, se isso é mesmo verdade, tenho até medo de pensar como é o inferno.

O filósofo francês Jean-Paul Sartre dizia que "o inferno são os outros"; que nada, o inferno somos nós.

Ao diabo, essa tal raça humana!

O artista é a última linha da sociedade,
quando ele desiste é porque não resta mais nada.

Brasil, o filme[4]
(agosto/2007)

Cena 1

Semana passada, enquanto aguardava o semáforo abrir, assisti ao lado do meu carro uma apresentação de malabarismo de um jovem que equilibrava bolinha de tênis para não morrer de fome.

Cena 2

É criado, pela elite paulistana, o "Movimento Cívico pelo Direito dos Brasileiros", o Cansei. O lançamento foi na sede da OAB-SP e teve o apoio de empresários, artistas (Hebe Camargo,

---

[4] Baseado em fatos reais.

Ivete Sangalo, Ana Maria Braga e Regina Duarte, só para ficar nos mais conhecidos) e boa parte da grande mídia.

Além, é claro, do patrocínio da Philips do Brasil. Turminha formada, realiza-se uma manifestação na praça da Sé que acaba naquilo que começou: "Fora, Lula!".

Cena 3

O menino termina sua apresentação e recolhe suas bolinhas no bolso. Olha para o passageiro do carro e levanta as mãos para chamar a sua atenção. Além de uma moeda, pensei que ele também queria aplausos, mas não. Antes de se aproximar do espectador, levanta a camiseta. Vira de costas e levanta novamente a camiseta num claro sinal de que não está armado.

Cena 4

O presidente da Philips, Paulo Zottolo, dá uma entrevista ao jornal *Valor Econômico* e diz que: "Se o Piauí deixar de existir ninguém vai ficar chateado", o que mostra claramente o preconceito da nossa elite quanto ao povo brasileiro. Manifestações e boicotes contra os produtos da empresa holandesa espalham-se pelo estado.

Cena 5

O jovem se aproxima do passageiro e, quando o vidro começa a descer, como um raio, surge outro garoto com uma arma na mão e aponta para a vítima. Numa dessas frações de segundo, o motorista acha que pode reagir e acelera o carro bruscamente.

Num átimo de segundo, o rapaz que segura a arma dispara duas vezes e os dois somem pela calçada.

Cena 6

Terminada a manifestação, os empresários e as personalidades entram em seus carrões importados, seguidos por seguranças, e vão para as suas mansões com cara de dever cumprido.

Cena 7

Termina o assalto frustrado. A vítima permanece com o rosto sobre o volante enquanto sangra até morrer. Quem quer que seja, não vai mais a lugar algum.

Cena 8

O rico está cansado.

Cena 9

O pobre está cansado.

Cena 10

A vítima descansa em paz.

Sombras miúdas

(fevereiro/2009)

A história de Ivanildo é que ele simplesmente não tem história. Morador de rua, virou notícia porque teve 85% do corpo queimado por gasolina e faleceu na última terça-feira, e é só, mais nada.

O assassino, conforme as investigações policiais, era outro morador de rua, e o crime, vejam vocês a ironia da miséria humana, foi motivado por conquista de território. Dizem que precisava de mais espaço para viver na rua.

Pois é, as calçadas. Há pessoas em guerra pelas calçadas frias da cidade de São Paulo.

Não conheci Ivanildo nem o seu algoz piromaníaco, mas tenho uma vaga ideia de quem sejam os infelizes. Já os vi queimando na retina dos meus olhos, numa dessas noites geladas e indignas, em suas casas de papelão que se movem como fantasmas pela nossa imaginação.

Ivanildo não devia ter documentos, tampouco identidade. Indigente, deve ter sido enterrado com seus trapos numa vala qualquer, de um cemitério qualquer, que é o lugar certo para qualquer um de nós, miserável ou não.

Outro dia, vi um Ivanildo fuçando uma lata de lixo à procura de comida que sobra dos nossos pratos, mas o dono da lanchonete apareceu para expulsá-lo com um cabo de vassoura.

Fiquei com a impressão de que mendigos trazem má sorte para o comércio, e que restos de comida não são para restos de pessoas. Nós, os filhos de Deus, privatizamos até as migalhas.

Tenho a impressão de que os únicos que gostam dos moradores de rua são os cachorros. Aliás, de raça ou não, não conheço nenhum cachorro que não tenha um mendigo para cuidar, quer seja nas calçadas, ou em mansões.

Mas moradores de rua são uma espécie rara de seres humanos.

Eles não têm dentes, eles não cortam os cabelos, eles não tomam banho, pedem-nos esmolas, dormem no nosso caminho de casa, e nós, a não ser que peguem fogo, simplesmente não os vemos.

É difícil vê-los. Somos cristãos demais para enxergá-los.

E tem mais, dizem que são invisíveis a olho nu. Mas não são.

Suas sombras miúdas se arrastam em nossas orações, para o deleite da nossa hipocrisia. Fingir que gostamos de Deus é a melhor forma de agradar o diabo.

Um ser humano pegando fogo na calçada e os nossos joelhos doendo de tanto rezar pela nossa felicidade material...

Deus sabe o que faz, a gente não. Devia ser o contrário.

Se dependesse de mim, a humanidade já tinha pegado fogo há muito tempo.

Um por um.

Arte não se explica.
Ou você entende, ou se identifica.

Atestado de antecedência
(outubro/2008)

Acompanhando as eleições em São Paulo, da Marta contra o Kassab, ou vice-versa, descobri que há uma polêmica sobre a propaganda da Marta perguntando sobre a vida do Kassab, tipo se ele é casado ou se tem filhos. Está gerando uma puta polêmica e eu gostaria de saber o porquê de tanta indignação.

Será que só porque eles são brancos dos olhos azuis já é o bastante para governar a maior cidade da América do Sul e a quarta maior metrópole do mundo?

Pois eles que fiquem sabendo: qualquer pessoa que procura emprego, quer seja executivo, ou gari, é obrigada a escrever um currículo com todas as informações a seu respeito, e se ela for da periferia, ainda tem que tirar um "atestado de antecedência", coisa que se certos políticos tirarem é capaz de ficarem presos — presos no sentido figurado, nem algemado rico pode ser.

Eles deveriam preencher um currículo e distribuir as cópias em nossa casa para que a gente pudesse avaliar, e, conforme for, convocá-los, ou não, para fazer uma entrevista, e se possível ligar em seus empregos anteriores pedindo as referências.

É. Eu gostaria de receber o currículo de todos eles em casa, com nome, endereço, número dos documentos, se são casados, se têm filhos, escolaridade, experiências anteriores, referências, dois telefones para contato, se fumam, bebem, exame de saúde, religião, chapa do pulmão e o escambau.

Tem algumas empresas que querem saber até a cor do candidato, como se isso tivesse ligação com algum tipo de competência profissional.

E depois de tudo preenchido, eles ainda teriam que ficar ligando (todo dia) pra gente pra saber se a gente já tem alguma resposta. Só pra gente dar aquela canseirinha básica que todo trabalhador sofre ao disputar uma vaga de trabalho.

E depois de selecionados, os candidatos ainda deveriam passar por uma dinâmica de grupo, do tipo daquelas brincadeirinhas sérias com bexigas (balão de ar), para saber se eles saberiam trabalhar em grupo, se são egoístas, se têm desequilíbrio emocional, e coisa e tal.

Sem esquecer de colocar a pretensão salarial, para que a gente pudesse fazer a contraproposta, sabe como é, às vezes o salário é baixo, mas a gente podia compensar nos benefícios, vale-transporte, *ticket* restaurante, bilhete único, plano de saúde...

Pois é, eu quero saber quem são eles, até porque sou de uma época em que morava num bairro, abençoado pelo Gil Gomes e cortejado pelo falecido *Notícias Populares*, em que a gente precisava mentir o bairro em que morava se quisesse arrumar um mero emprego de ajudante-geral ou de auxiliar de escritório.

Já imaginou se um de nós da periferia pleiteasse o cargo de prefeito de São Paulo?

Como nasce um taboanense
(junho/2007)

Essa onda de frio que assola o país nessa semana me fez lembrar de uma coisa que aconteceu comigo logo que cheguei aqui em Taboão, há quinze anos. Não foi amor à primeira vista. Lembra-se de Caetano em "Sampa"?: "... é que Narciso acha feio o que não é espelho...", pois é, foi assim também quando cheguei.

A cidade nunca me pareceu feia ou fria, ou coisa assim, apenas era estranha para mim, e eu estranho para ela.

Bom, mas deixe-me contar por que se deu o meu amor incondicional pela cidade.

A mãe de um amigo havia morrido e o velório ia ser no cemitério dos Jesuítas, no Embu, mas me passaram que ia ser no cemitério da Saudade, em Taboão da Serra, Grande São Paulo.

Vindo de um bar, peguei o último ônibus, pois lá tinha certeza de encontrar uma carona para voltar. Chegando, descobri que desci no lugar errado, mas sequer sabia onde ficava o outro local, o Jesuítas.

O cemitério da Saudade ainda era bem pequeno e havia dois corpos sendo velados naquela noite, início da madrugada. Um homem baleado e uma criança recém-nascida.

Diante do meu erro geográfico, fiquei do lado de fora, fumando um cigarro e pensando como iria voltar para casa. "Que cidade. Que zica", pensei.

Aí, estava sentado, um homem chega ao meu lado e diz:

— Você é parente do cara que foi baleado?

Disse que não e expliquei por que estava ali. E o engano de cemitério. Disse a ele que não conhecia nada na cidade, e coisa e tal. E batendo esse papo, perguntei a ele:

— E você, é parente da criança que faleceu?

Sem levantar a cabeça e num tom de voz que jamais vou esquecer, ele contou:

— Sim, eu sou pai dela.

Falou assim, de bate-pronto, como quem suplica um milagre, como quem acredita em ressurreição. Como se esperasse que estivesse tendo um pesadelo.

Entre uma lágrima e outra, disse que ela havia morrido de pneumonia, de como a tinha encontrado e o abraço que deu pensando que ela dormia, a dor... Entre outras coisas que se diz quando perdemos alguém que se ama.

Não disse nada. Nem frio sentia mais. Eu sem saber para onde ir, e ele indo e vindo das fendas escuras da tristeza. Foram as lágrimas mais honestas que já vi brotar dos olhos de um homem, de um pai.

A filha dele morreu e a cidade que acabara de nascer em mim também agonizava.

Aí, de repente, ele me pergunta como eu iria embora. Respondi que iria esperar amanhecer, depois pegaria o primeiro ônibus.

Em meio à dor, ele se ofereceu para me levar em casa. Eu não aceitei:

— O que é isso, sua filha acaba de morrer e você querendo me dar carona?

Foi quando daquele homem simples e de coração arrebentado ouvi umas das coisas mais belas que já ouvi em toda minha vida:

— Minha filha morreu e eu não pude fazer nada para evitar que isso acontecesse, mas a você eu posso ajudar, me deixa te levar em casa...

Como com anjo não se discute, aceitei o milagre. Como se sua filha também fosse minha, acabei chorando com ele, e estou chorando enquanto escrevo.

Quando faz frio, doo sempre um agasalho para retribuir o calor humano que recebi, em nome dele e da sua filha que não conheci, mas que já morava no coração desse ser humano que acabou adotando como filho um órfão da noite fria, que morre de medo de fantasmas.

Por ironia, numa noite de cemitério, nascia mais um taboanense, para sempre.

Taboão dos Palmares

(março/2007)

Taboão da Serra é uma cidade de mil faces e não há como decifrá-las sem devorá-las. Impossível pensá-la sem suas ladeiras, seus becos e suas vielas. Cada quebrada é um município no meu estado de espírito. As calçadas são irregulares, por isso nossa gente anda no meio da rua, desafiando a arrogância dos carros. Buzina para você ver...

Uma das faces mais bonitas da cidade é a nossa gente, e da nossa gente umas das faces mais bonitas é a do João Barraqueiro, da Kika e da sua família. Gente da pele preta que tem o suor como marca registrada no rosto.

Não importa o evento nem o local, é lá que eles estão. É comum vê-los nas praças, campos de futebol, shows, favela, comícios etc., desfilando a grandeza dos que não se entregam, e se recusam a ser escravos do parasitismo.

A barraca é o quilombo dos Palmares dessa família, tamanha é a liberdade com que constroem o pão de cada dia. Da mesma barraca, lutam como quem faz uma prece ao céu ou à terra, adorando um deus chamado DIGNIDADE.

A coragem que exalam das mãos é de assustar qualquer senhor de engenho ou capitão do mato.

Trazem no olhar o desprezo pela chibata. E, no coração, o fogo brando que aquece o caldeirão da liberdade. Valeu, Zumbi!

Com todo o respeito às ancestralidades, que a Mãe África me perdoe, mas mãe é aquela que cria, e o João e a Kika são filhos de Taboão da Serra, e não por acaso são nossos irmãos. Axé!

Para aqueles que acreditam que o caráter independe da cor, uma poesia:

"Que a pele escura não seja escudo para os covardes que habitam na senzala do silêncio.

Porque nascer negro é consequência, ser é consciência".

Taboão, suor e lágrimas
(maio/2007)

Na minha cidade, a noite chega com os ventos que vêm do sul, cavalgando pelo macio das serras. As estrelas da minha cidade não se apresentam no céu com o rosto iluminado, elas se exibem no chão para que seus homens e mulheres possam tocá-las.

Na minha cidade, Cristo fica no morro de braços abertos sorrindo o milagre do novo dia.

A minha cidade fica bem longe do mar, longe das ostras, dos veleiros, das ondas salgadas de Netuno, mas cada um que ali nasce é um cais pro futuro, um oceano, um porto seguro.

Na minha cidade, as crianças entortam o mundo e desentortam ladeiras. Meninas e meninos dançam na chuva e aprendem, desde cedo, a domar raios e trovões. Uns enterram umbigos, outros, seus botões.

A cidade que mora em mim desliza pelo centro e não escorrega na favela. Tem caminhos estreitos e ruas desbravadas por caminhos que levam ao futuro, ou que levam a nada.

É difícil morar nessa cidade e não cometer adultério. A beleza está por todo lugar. Eu mesmo já saí com Maria Rosa, Carmelina,

Salete, Helena, Virginia, Albina, Maria Helena, entre outras que não posso citar o nome. É, mas não fui só eu, o Freitas Junior, o Mituzi, o Roberto, o Clementino, o Pazzini, e dizem até que os santos Tadeu, Joaquim e Salvador também se renderam às curvas delas.

Na minha cidade, a América do Sul passa a noite escrevendo poemas na BR-116. Uma via que mais parece uma veia, um viaduto que atravessa o nosso coração. Cidade louca de narinas enormes que respira São Paulo pelos olhos e a encara de peito aberto, como quem chama pra briga, como quem chama no rodo. É nóis!

Na minha cidade, o cavaquinho dá o toque da alvorada e nas picapes o rap ecoa por inteiro, chacoalhando a quebrada. Os manos e as minas num rolê pelas ladeiras... Sem perder a linha, sem perder o leme.

Na minha cidade, a África tem a cara do Pirajussara e os pés da Jamaica. O reggae resiste quarando a roupa no varal, e o forró é o hino do Nordeste que vai muito além de Luiz Gonzaga. Axé, guerreiros!

A minha cidade tem o sangue árabe correndo nos pulsos, que traz para nós as mil e uma noites num dia só. Motivo de nossa fama de povo lutador. Salam Aleikum!

A minha cidade é da hora, do minuto e de cada segundo que aqui se vive. Cada um é um universo.

Cada universo é um passado, um presente, um futuro, mas, acima de tudo, a eternidade. Só quem é sabe do que eu estou falando... Tem que saber chegar.

Essa é a minha cidade, como eu a vejo, como eu a sinto. Entre risos e lágrimas, lavo minha alma com o suor que escorre do rosto dela, do rosto desse povo lindo e inteligente cheio de calos nas mãos.

Amor de mãe
(fevereiro/2008)

Não sei se todos sabem, mas não sou filho sanguíneo de Taboão da Serra, fui adotado aos trinta anos de idade. Em compensação, como todo filho adotivo, tenho que amar a cidade, tanto ou mais do que meus outros 230 mil irmãos e irmãs, como se realmente fosse possível medir o amor que a gente sente.

Apesar de ser bastardo, a cidade nunca me tratou como madrasta — muito pelo contrário —, por isso nunca me senti rejeitado ou coisa que mereça uma sessão de psicanálise. Mesmo sabendo que muitas vezes sentia ciúmes dos filhos legítimos.

Ser poeta tem-me levado a vários lugares e quebradas desse país para divulgar minha poesia e difundir o amor à literatura, que é outra paixão antiga. Mas aonde quer que eu vá, nada é mais prazeroso do que poder voltar. É. Sentir a brisa da cidade que começa a te receber já na avenida Francisco Morato ou na BR-116. Não existe lugar mais seguro que o útero da mãe.

Outro dia, um amigo me perguntou como era morar numa cidade pequena, eu respondi que não sabia, mesmo sabendo que tem por aí cidade pequena, inclusive capitais, se é que me fiz entender.

Ele também me perguntou se existia algum tipo de coisa característica, tipo turística e tal, que valia a pena visitar. Respondi, no estilo mais "Dom e Ravel" possível, que o maior patrimônio da cidade eram as pessoas.

E que as pessoas, cada uma delas, eram as nossas pirâmides, nossa capela Sistina, nossos arcos da Lapa, nosso Louvre ou nossa Veneza, e que deveriam ser visitadas. Exagerei? Pois é, quem ama geralmente exagera.

Sei lá o porquê de tanto ufanismo taboanense, só sei que acordei com vontade de fazer uma declaração de amor à cidade, e pronto!

Sei que muitos também a amam e muitas vezes não se manifestam com palavras, assim como eu, mas com atitudes, sangue, suor e lágrimas, por isso Taboão é ainda mais importante pra mim. Por isso o meu respeito e reverência a eles.

Pelos seus heróis, guerreiras e guerreiros, conhecidos e anônimos, que colocaram e colocam diariamente o polegar nessa história maravilhosa que não para de ser escrita e que um dia tem que ser contada (estou pensando em escrever um livro sobre isso).

E você, onde guarda seu amor pela cidade?

Mil graus na terra da garoa

(janeiro/2006)

São Paulo é uma cidade no cio. Por isso, transa com todo mundo e em todos os lugares. É bonita porque é feia, e, como toda feia que se preza, beija mais gostoso. Que os Vinicius me perdoem, mas feiura é fundamental.

Do alto do prédio ou na superfície da alvenaria, a cidade dói nos olhos dos inocentes que transitam nas calçadas. De onde eu a vejo, minhas retinas são seletas e, de como eu a vejo, as esquinas são espertas.

A cidade de São Paulo, que está no mapa, não é toda daquele tamanho, muita gente já tirou um pedaço, que faz muita falta na mesa do jantar, ou depositou em conta corrente, que nada contra a corrente de quem ama esse lugar.

Essa maçã mordida, que a massa não come, constrói o luxo que alimenta o lixo escondido debaixo do tapete. Essa cidade não é minha nem devia ser de ninguém, mas ela existe e todo ano faz aniversário. Longe do estupro a céu aberto, eu costuro meu poema sobre a torre de babel que samba o rock triste deste carnaval de concreto e de garrafas fincadas no chão.

O cartão-postal do meu coração não despreza o centro nem esconde a periferia.

São Paulo, para mim, é pagode com feijoada nos botecos que brotam nas ladeiras. É Samba da Vela, elétrico nos trilhos de Santo Amaro até o Samba da Hora, atrás da batina da Igreja da estrada do M'Boi Mirim. É ser rap, soul, funk ou metal de primeira.

E segura o peão que corre a cavalo na pista dos bares de Interlagos, onde a primavera começa toda sexta.

É cantar de galo na Rinha dos MC's, no Grajaú, onde o Criolo Doido não tem nada de louco. É Sarau da Cooperifa no quilombo do Jardim Guarujá, onde a poesia nasce das ruas sem asfalto, em plena quarta-feira... a literatura do morro arranhando os céus da cidade. Ô povo lindo, ô povo inteligente!

É comprar livros nos sebos e ensebar nos bancos da praça ou do metrô, até o Jabaquara. É ler *Brasil de Fato* com os caros amigos dos becos e vielas dentro do ônibus ou na fila de espera. É ser um da sul e ser 100% favela, e se é por ela, deixa a bússola te levar.

É assistir a Glauber Rocha no CineBecos, que é cinema novo para a galera do Jardim Ângela, que é truta do Jardim Ranieri. Ou dançar samba de coco no Panelafro, onde Zumbi impera no largo de Piraporinha. É jogar futsal nas quadras das escolas públicas, quase abandonadas pelo alfabeto. É conspirar a favor, tomando cerveja gelada no bar do Zé Batidão.

É Carolina de Jesus, de Jeferson De, saindo da tela. É "as mina" de vestidinho e chinelo de dedo no churrasco em cima da laje.

É comer pipoca sem pipoco na quermesse da Vila Fundão, no coração do Capão. É a rapaziada nos campos de várzea de canela em punho maltratando a bola ou sendo maltratada por ela.

É poesia do Binho no Campo Limpo, para se livrar das sujeiras. É ver os sonhos se realizarem na Casa do Zezinho, onde as Marias também são bem-vindas.

É ser preto ou branco, tanto faz, mas principalmente verde, que é a esperança da paz. É o ensaio da Vai-Vai e das outras escolas unidas do morro.

É Amado Batista no Vila Sofia, à capela, no Socorro, a caminho da represa de Guarapiranga. É comer peixe na Barraca do Saldanha. É levar os espinhos na Casa das Rosas para colher cravos e margaridas que nascem no Jardim das Rosas. É não ouvir CD pirata nem original, quando o mesmo for caro.

É ser enquadrado somente pelas lentes do Marcelo Min, QSL?

É ser "Nóis vai", mesmo quando a gente não for. É falar errado, mas agir correto.

É curtir o sol mesmo quando ele não vem — e encontrar sempre as mesmas pessoas no muro das lamentações. É empinar pipa nos dias sem vento.

É viver mil fitas e ser mil graus na terra da garoa.

Enfim, São Paulo é isso, mas também tem outros lugares.

As crianças são felizes porque ignoram os muros
que os adultos constroem.

Gol contra
(dezembro/2008)

No meu tempo de moleque, ninguém tinha uma profissão em mente para se apegar ao futuro; todos, sem exceção, queriam ser jogadores de futebol. E olha que naquela época nem dava tanto dinheiro assim. Mas não sei se pelo romantismo, pela magia ou simplesmente pela falta de perspectiva... sei lá, só sei que todos nós queríamos ser jogadores de futebol. Eu, apesar da idade, confesso que ainda quero.

Mas o tempo passou, o Morumbi e o Maracanã envelheceram em mim e a memória, este estádio vazio, toma dribles maravilhosos da lembrança, e tudo de que me lembro foram os gols perdidos. Perdi muitos gols cara a cara com o goleiro, por isso não sou jogador, por isso não sou doutor. Tomei muita vaia do destino.

Não me lembro de nenhum amigo dessa época que tenha sequer passado na peneira de algum time profissional, poucos viraram doutores e uns tantos não lerão este artigo, se é que vocês me entendem.

A violência sempre fez muitas faltas no nosso jogo, e quase todas por trás. Dói só de lembrar.

Apesar dos intervalos, lembro-me de partidas inesquecíveis, dessas que começavam pela manhã e seguiam tortuosas pela tarde, interrompidas apenas pelo almoço e o café das três.

São momentos inenarráveis passados com esses parceiros de time, esses meninos sábios e imortais, sem presente e sem futuro, deslizando os pés descalços pelo chão.

Hoje em dia, aquele campinho de terra que esculpimos com as nossas próprias mãos é um grande cemitério, e muitos deles estão ali, enterrados com seus sonhos, antes mesmo de o jogo acabar.

Outros, por desrespeitarem as regras, cometeram pênaltis desnecessários (?) e, por ordem dos juízes, foram mais cedo para o chuveiro.

Para minha tristeza, muitos ainda continuam a cometer faltas, sem medo de tomar cartões vermelhos ou amarelos, sem se importar com a força do adversário, sem se importar com a cor da camisa, sem se importar com os derrotados, importando-se apenas em vencer, e vencer a qualquer preço. Por isso, muitos são substituídos com o jogo em andamento, alguns antes mesmo de tocar na bola.

Às vezes, quando a dor sai do vestiário e a saudade entra em campo, faço um minuto de silêncio, deixo uma lágrima rolar e jogo por eles a prorrogação.

Ninguém é obrigado a ajudar o próximo,
nem a ficar de braços cruzados.

Gol de letra
(julho/2010)

Outro dia fui assistir ao último jogo do Palmeiras no estádio Palestra Itália, que vai ser demolido depois de 91 anos de história. Estádio de futebol, todo mundo sabe, independentemente do time para o qual se torce, parece um coração batendo, ou, em muitos casos, apanhando. É um lugar para sorrir e chorar.

Sou palmeirense, e o parque Antártica tem muito a ver com a minha história. Durante muito tempo sonhei jogar ali. E sonho de criança todo mundo sabe, é uma partida que não termina nunca.

Futebol é e sempre foi a minha paixão, assim como os livros, como a poesia. Quem gosta sabe, cada partida é um capítulo diferente, os personagens parecem que sempre são os mesmos, mas não são, e ninguém, quase nunca, sabe o final.

Lembro até hoje da primeira vez em que fui assistir a um jogo no estádio. Acostumado com a terra vermelha impressa nos campinhos de terra da minha rua, a grama verde quase me cegou. Nunca tinha visto tanta gente em minha vida; aliás, meu mundo era tão pequeno que não sabia que existiam outras pessoas em outros bairros.

Para falar bem a verdade, de tão pequeno, meu mundo cabia dentro de uma bola de gude, e eu achava que o planeta se chamava Terra porque todas as ruas não tinham asfalto.

Nesse dia, todos gritavam ao mesmo tempo, mas não era difícil ouvir a torcida do meu coraçãozinho abafando o barulho da multidão, e parecia que ele queria sair pela boca. Aliás, se ele saísse pela boca, eu matava no peito, fazia duas embaixadinhas, chutava para dentro do campo e corria para a galera. Recuando a bola ao passado, até parece que fiz isso mesmo, pois ele nunca mais saiu de lá.

Houve um tempo em que o dinheiro driblava mais que o Edu Bala, os estádios cabiam dentro do ouvido, e para quem não sabe, o radinho de pilha que hoje joga no E. C. Veterano da Memória foi os olhos de muita gente. E só mesmo José Silvério e Fiori Giglioti eram capazes de fazer a gente assistir a um espetáculo sem mesmo estar presente. E só mesmo quem ama é capaz de enxergar o que não vê.

Falando em amor, alguns jogadores como Ademir da Guia, Jorge Mendonça e Evair eram poetas que escreviam poemas com os pés, e São Marcos com as mãos, e depois de cada jogo, independentemente do resultado, a poesia estava ali, impressa, cada verso, cada estrofe, em nossas retinas tão maltratadas pela aspereza da vida.

E sem querer ofender o deus de ninguém, esses anjos encardidos já fizeram cada milagre...

É por isso que muita gente confunde esse esporte com religião. Por um gol salvador nos acréscimos, até um ateu é capaz de se ajoelhar.

Amo futebol porque lembra a minha infância: o zagueiro entra de carrinho e o centroavante faz gol de bicicleta. Só quem não sabe pedalar não consegue entender.

O Brasil não é desigual porque as pessoas gostam desse esporte, ele é injusto porque a minoria não respeita o grito que vem da arquibancada (não importa para qual time você torce), e isso sim é jogo violento. É falta, é pênalti, mas o bandeira nunca vê e o juiz nunca marca.

Se queremos virar o jogo, temos que entender: para quem não sabe ler, o futebol é letra. E se quem sabe ensina a quem não sabe, é craque, aí é gol de letra.

Obrigado, Palmeiras!

Lágrimas de crocodilo e outros bichos
(fevereiro/2007)

Estou farto dos leões de zoológicos. Farto desta fauna interminável de bichos soltos, com a mente enjaulada, que se espalham pelo país. Uns bestas-feras, outros, feras bestas. Não há trocadilho que salve essa gente.

No Brasil, todo mundo é leão, é tigre, é onça, todos rugem, mas ninguém morde ninguém. Todo mundo na selva sabe quem são os predadores e onde dormem os inimigos, mas as garras finas e elegantes vão sempre desfilar seus óculos escuros no palco fino do açougue que vende carne de primeira. Tamanduá tomando conta do formigueiro.

Outro dia, um abutre — ô bicho ruim! — disse que os esquilos tinham que ser enjaulados logo que nascessem. E que a culpa toda não era das hienas que riam sobre a carniça, mas das coelhas que não paravam de parir. O discurso foi muito aplaudido pelas raposas.

Na floresta miúda, enquanto calangos e micos-leões-dourados disputavam migalhas para não extinguir, uma cobra, de terno e gravata, espreitava um papagaio vestido com a camiseta da águia americana. Nada mais animal. Com olhos de lince, a pantera assistia a tudo vestindo uma boina à Che Guevara. O silêncio do pântano mata mais que o grito do jardim.

O sapo de barba prometeu a promessa do tucano empolado, será? Sei não, esses bichos são muitos esquisitos...

Só sei que os pintinhos estão com fome e no galinheiro as galinhas mortas estão assistindo briga de galo, já que o milho não dá para todo mundo. Para piorar, os porcos não querem nem saber, só se preocupam em se lambuzar na lavagem.

Do outro lado da mata, paradoxo total, todo mundo quer abraçar o Maracanã num país cheio de bicho abandonado, carente de abraços.

Sempre que morre um canarinho, aparece um pavão com lágrimas de crocodilo para decorar o velório alheio. Pardal não canta, por isso morre em silêncio.

Outro dia, um falcão segurando um AR-15 disse:

— Se morre um, nasce outro em seu lugar.

Só o burro não entendeu.

As antas também não entenderam que os bezerros são educados no semáforo porque os bois estão mamando livremente nas tetas da vaca.

Uma caneta na mão de um lobo é tão mortal quanto um 38 na mão de outro lobo. Pena de morte para o lobo de caneta?

— Justiça! — grita o gado a caminho do matadouro.

Infelizmente, nascemos com uma jaula no coração. Por isso, latimos como cães, mas agimos como frangos.

Antônio, o padrasto dos pobres
(sem data)

O homem chega ao céu e vai logo ter uma conversa com São Pedro. Acertar detalhes da admissão. O santo lhe recebe já com quatro pedras na mão:

— Aí, já vou logo te dizendo, se tu não tiver indicação vai ter que fazer os testes.

O homem não teve nem tempo de pensar em uma resposta que amenizasse aquele encontro curto e ríspido. De bate-pronto respondeu:

— Quem me mandou aqui foi o Antônio.

— Rapá, quem é esse Antônio, é lá do Borel?

Antes que eu me esqueça, Pedro era carioca. Zé Povinho meio assustado e com um medo danado de dizer as coisas erradas no momento certo — quem procura emprego sabe que uma das maiores dificuldades de arrumar emprego é a entrevista.

Mas como o padrinho era forte, encheu o pulmão e disse:

— Não, senhor, é da Bahia. O senhor sabe onde fica Salvador?

O pior é que Pedro sabia onde ficava Salvador. Terra de poetas e escritores importantes. Povo lutador. Palco de grandes levantes contra a casa-grande. Nelson Maca, Gil, Caetano, Gal... Em compensação, terra do Grupo "É o tchan". Ao se lembrar do nome do grupo, o santo fez o sinal da cruz.

Sim, Pedro sabia onde ficava Salvador e também já sabia quem era o tal de Antônio. Não era o primeiro afilhado que chegava com a mesma indicação.

— Pode entrar, sangue bom, tem um lugar pra você aqui também — disse, já carimbando a passagem para a vida eterna.

Zé Povinho ficou muito feliz e pensou como foi bom ter passado uma vida inteira fazendo parte do curral de Antônio. Santo homem!

Adentrando ao recinto, perguntou ao chefe do RH divino:

— Seu Antônio está aqui também?

Com um olhar irônico, Pedro respondeu:

— Ô, nêgo veio, o lugar de Toninho não é aqui não, por aqui só ficam as pessoas que ele indica. Só as pessoas que acreditam em gente como ele.

Zé encheu o peito de orgulho e pensou: "Deve tá lá com o Supremo... Se bobear fica até no lugar dele", e riu baixinho enquanto caminhava.

Quando já estava atravessando o pátio que dava para a vida eterna, o santo lhe fez a última pergunta:

— Zé, só uma curiosidade minha. Aqui diz que tu se despediu de lá às 18h30 e agora são 19h, como que tu chegou aqui tão rápido?

— Vim de avião... — respondeu.

Pedro ficou espantado com o fato de uma pessoa simples como Zé poder andar de avião, com os preços das passagens... Mas antes que o santo lhe perguntasse como, Zé terminou de responder:

— ... Antônio foi quem deu a passagem.

Novamente, o santo fez o sinal da cruz.

O pai da noiva[5]
(janeiro/2008)

O casamento estava marcado para as 18h, mas, como toda noiva que se preze, Tereza também chegou atrasada, coisa de meia hora. Não foi fácil conseguir esta igreja, então não era bom abusar da paciência do padre. Do lado de dentro, um calor lascado. Os convidados e os padrinhos suavam em bicas.

A pequena catedral estava lotada — a noiva era muito querida no escritório onde trabalhava, até o gerente estava lá. Quando a noiva surgiu na porta foi um alívio para todos. Muitos só pensavam na festa e no chope gelado.

— Que calor! — disse um coroinha.

De braços dados com o tio, já nos primeiros três passos que avançavam para o seu casamento, começou a chorar. Chorava de emoção, mas também porque seu pai não podia estar ali, de braços dados, conduzindo-a ao altar como sempre sonhou.

Chorava porque naquele exato momento seu herói estava internado numa cama de hospital e não podia ver sua princesa

---

[5] Baseado em fatos reais.

casando-se com um príncipe, como ele sempre lutara para que acontecesse.

Cada passo, uma lembrança. Cada passo, uma lágrima. A noiva chorava copiosamente. Muitos dos convidados também choravam enquanto ela caminhava para o altar. Feliz pela metade, ela só conseguia pensar: "Queria que meu pai estivesse aqui", e chorava.

Do outro lado da cidade, numa cama do hospital, Seu Durval, entre uma dor e outra, caminhava com ela em pensamento. E também pensava: "Como eu queria estar lá", e chorava também. Na vizinhança não se conhece tamanho amor entre pai e filha como o dos dois.

O casamento só aconteceu porque já estava marcado há muito tempo e por insistência do pai, pois por ela, que se danasse tudo. O sonho do pai sempre foi vê-la de noiva e o dela era ser conduzida pelo pai. A mãe era testemunha desse sonho, por isso chorava com eles.

Quando chegou a São Paulo, aos 23 anos, fugindo da seca e do desemprego na sua cidade, Seu Durval era apenas mais um, perdido na cidade grande. Uma mala na mão e, na outra, nada. Foi assim que pisou na selva de pedra.

Já na rodoviária, conseguiu um emprego numa obra na avenida Faria Lima. Sem dinheiro para pensão, morou por seis meses no trabalho, com outros conterrâneos. Enquanto construía o prédio, sonhava que construía sua própria casa. Por conta disso, do amor com que trabalhava pensando que construía sua própria casa, logo conseguiu uma promoção, de ajudante passou a ser pedreiro.

Um pouquinho mais no bolso e alugou uma casa na periferia da zona sul. Coisa pequena. Quarto e sala, e um banheiro com chuveiro de água quente.

Seguiu assim, construindo casas como se construísse um lar.

Conheceu Esperança num baile perto de casa e com pouco tempo já estavam morando juntos, amasiados pela força do amor.

O sonho de Esperança foi sempre casar de papel passado, na igreja, porém, como não tinham dinheiro, adiaram para sempre esse desejo. Quem sabe um dia...

Esperança sempre foi mulher de fibra. Quando construíram a própria casa, depois de muitos anos, foi ela quem carregou os blocos de cimento para dentro do quintal. Ela quem trazia água para a massa do cimento. Ela é quem era a ajudante-geral. Ela ajudou a construir a casa em que moram com o mesmo amor com que deu à luz suas três filhas. Por isso, chorava no casamento. Chorava por amor e pela ausência do marido.

Em meio à saudade, teve tempo de lembrar que a filha realizava o sonho dela: casar vestida de noiva. E chorava como mulher, chorava feito mãe.

Já no altar, fitou a mãe, e ambas trocaram lágrimas que inundavam o sorriso.

Faltava o pai, mas o dia era de felicidade. Elas sabiam disso. Então, riam e choravam ao mesmo tempo.

O marido, enquanto lhe aliançava, ganhou de presente um dos sorrisos mais lindos que o mundo já produziu, e, de quebra, um sim que valia por três. Tudo lindo, mas ainda assim lhe faltava o pai.

Depois do banho de arroz, todos entraram em seus carros e foram direto para a festa. Quase todos. Tereza e o marido pediram para que o motorista desviasse um pouco do caminho e foram, ele de terno e ela vestida de noiva, direto para o hospital pedir a bênção do pai.

Ao vê-la no quarto do hospital, Durval custou acreditar que estava vivo.

Choravam o pai, a filha, as enfermeiras, o marido, os médicos, os curiosos, os outros doentes, o hospital virou um vale de lágrimas. De alegria.

A vida doía, mas ainda assim valia a pena, pensou o pai com um tubo enfiado no nariz e um buraco aberto no peito.

De sonho realizado, Seu Durval morreu uma semana depois.

É agora ou nunca ("it's now or never")

(agosto/2007)

Escrevo este artigo no mesmo dia em que a morte do cantor Elvis Presley completa trinta anos. O rei do rock, como é chamado, recebe todas as homenagens possíveis, dignas de uma autêntica majestade. Dizem os mais fanáticos fãs que "Elvis não morreu", vive na Argentina e torce para o Boca Juniors.

Não sou um conhecedor de sua obra, conheço uma música aqui, outra ali, enfim, nada que me credencie para falar dele. Para falar bem a verdade, sou muito mais Raul Seixas. Mas não é sobre os astros que eu queria escrever, e sim sobre a nossa relação com a morte. Ou sobre a vida, como queiram.

Por que será que é tão difícil para nós aceitarmos que um dia a vida acaba? Por que será que não aceitamos a hipótese de que um dia as pessoas de que a gente mais gosta não estarão mais ao nosso lado? Deve ser porque vivemos com a ideia de que somos eternos. Deve ser por isso que somos tão mesquinhos em relação à felicidade.

E por nos acharmos eternos, quase não damos valor aos pequenos detalhes da vida. Deve ser por isso que quase não dizemos "Bom dia", como se, de fato, o dia nunca fosse acabar.

Deve ser por isso que nunca dizemos o quanto gostamos das pessoas. Como se todas as pessoas já soubessem disso.

Deve ser por isso que nunca dizemos "Por favor" ou "Muito obrigado". Como se gentileza fosse mera obrigação.

Já percebeu que as pessoas só falam em aproveitar a vida quando estão no velório de algum conhecido?

E acreditar ou não em Deus não tem nada a ver com isso, a gente morre e pronto, ou ponto-final. A vida acaba. Todo mundo morre.

Desculpe se sou eu quem está te dizendo isso, mas você vai morrer. Quando? Boa pergunta. Pode ser daqui a cinco minutos ou daqui a cem anos, sei lá. O mais importante é que você saiba disso, mesmo que te prometam o céu ou te condenem ao inferno, um dia você não estará mais entre os que te rodeiam.

Eu, você, ou quem quer que seja, podemos retardar a morte, mas jamais podemos evitá-la. E nem adianta fazer o sinal da cruz ou bater na madeira três vezes. Nós vamos morrer, é fato.

Mas há uma coisa que a gente ainda pode fazer, que é escolher como é que a gente quer viver. Só a gente pode escolher como queremos ser lembrados um dia. Só a gente pode colocar o polegar na história, ou não. E isso não tem nada a ver com a morte, tem a ver com a vida.

Elvis não morreu, você também não.

De vez em quando fico sorrindo sem saber por quê.
Deve ser riso represado.

Amanhã talvez
(setembro/2007)

Eram mais ou menos 23h quando Asdrúbal chegou em casa. Levemente embriagado, cumprimentou a mulher com um breve aceno de cabeça. O suficiente para a patroa desferir todo o vocabulário de palavrão que conhecia. Palavrões cabeludos e de baixíssimo calão, capazes de corar até a Dercy Gonçalves.

A mulher o lembrou que todo dia ele saía às 18h do escritório e só chegava naquele horário, e quase sempre com a cara cheia. Ela lhe pediu o dinheiro para as despesas do dia seguinte, rogou-lhe duas ou três pragas, e foi para o quarto dormir.

Preocupado pra caramba, Asdrúbal foi para a sala assistir televisão. Já não ligava para os comentários injustos e maldosos da dona da pensão. Pensou no que mais ela poderia querer, se não faltava nada em casa.

Na sala, abraçou seu único amigo de verdade: o controle remoto. Quem sabe assistir a um programa até que a jabiraca dormisse e ele pudesse descansar em sua cama, para refletir sobre o que realmente interessava: o clássico de domingo entre Palmeiras e Corinthians.

Lá pelas tantas, escuta um barulho atrás da poltrona em que está dormindo e, achando que é a mulher, pergunta o que ela quer. Olha em volta da sala e não vê ninguém. O zum-zum-zum não parava. Cabreiro, levantou-se e perguntou:

— Zefa, é você? É você, coisa mandada? Vá assustar a veia, sua desgraçada!

Sentiu-se aliviado ao ofender a dita cuja. Em meio ao medo e à curiosidade, achou que aquele era um bom momento para ofendê-la.

Mas do silêncio da sala escura, refletido apenas pela claridade da TV, surge um cara com uma voz rouca, que lhe diz:

— Sou eu.

— Que porra é essa de "Sou eu", o que está acontecendo aqui? Eu, quem? Que droga você faz aqui na minha casa?

E deu um pulo assustado para trás. Pensou em assalto, mas traição não estava descartada. Gritou o nome da mulher e não obteve resposta.

Da escuridão, surgiu um anjo barrigudo com duas asas tortas, trajando uma camiseta regata branca e vestindo uma calça moletom da Adidas.

— Sou eu, Asdrúbal, a morte.

Dizendo isso, o anjo presenciou um dos desmaios mais suspeitos de toda a sua vida.

Recuperado do susto, Asdrúbal levanta-se devagar e mira o anjo fixamente.

— Que papo bravo é esse de morte? Se liga que essa ideia tá meio furada.

— É a morte, ou você pensou que ia ficar pra semente? — e riu discretamente.

O anjo agradeceu aos céus, adorava aquele emprego. E se lembrou de quantas cabeças teve que pisar para chegar até ali, no cargo que ocupava. Ser oficial de justiça do céu não era para qualquer um.

— Mas assim, de repente, sem avisar? — respondeu quase com uma súplica.

— Pois é, seu Asdrúbal, a gente não costuma avisar com medo de que as pessoas empreendam fuga, QSL? — e riu baixinho, novamente.

— Mas, seu morte, eu ainda sou muito novo, tenho tanta coisa pra fazer.

— Por exemplo?

— Ora, tantas coisas... bom... deixa eu ver... assim de bate-pronto é meio difícil lembrar... bom...

— Viu, você não tem nada mais a fazer aqui na Terra.

— Tanta gente ruim pra você lembrar e você vem justo na minha casa? Só nessa rua tem uns três ou quatro. Não que eu esteja caguetando... olha, eu sou um cara bom, eu não posso ir agora.

— Já ouviu falar de Gandhi? Não me parece que você é melhor do que ele.

— Nada contra esse tal de Ghandi, ou contra quem quer que seja... e tem outra coisa, eu tenho dois filhos para criar, quem vai cuidar deles se a Zefa não trabalha?

— Asdrúbal, cuidar do jeito que você cuida, a vida cuida melhor. Todo mundo sabe que tem mulher que vale por dois.

— Mas nunca deixei que nada faltasse a eles. Nunca faltou caderno, brinquedo e camisa do Corinthians. Esses moleques, os dois, nunca passaram necessidades.

— Faltou carinho. E quanto à Zefa, ela já está acostumada com migalhas — lembrou-lhe o anjo.

— Por que você não leva um político bandido, um velho ou um mendigo? Quem vai sentir falta?

Como sempre, empurrou o compromisso para os outros.

— De certa forma, você se encaixa nos três perfis, mas isso não sou eu quem decide.

— Tanta gente sem caráter... por que você não leva a Zefa? Acho que ela tá com câncer.

— Deixa de ser traíra, seu cagão! Grande bosta você é, acha que alguém vai sentir a sua falta? Você acha que fez alguma coisa para a humanidade? Você acha que tem amigos? Você devia se preocupar se vai ter alguém para segurar na alça do seu caixão.

O anjo tinha seus defeitos, mas trairagem não suportava nem a pau.

— Calma, seu morte, não falei por mal — disse o pré-defunto, arrependido da mancada.

Mas o anjo ainda não tinha terminado, queria aproveitar a ocasião para um desabafo.

— É foda! — disse o anjo.

E um trovão rompe à sala.

— Ops, perdão, senhor!

E continua o raciocínio:

— Pô, se queria viver, por que não viveu? É sempre a mesma ladainha. É sempre a mesma história. Dorme dez horas por dia. Assiste quatro horas de televisão, sem contar aos domingos, e quando chega a hora de ir, quer negociar. Tô ficando mole mesmo.

Irritadíssimo, o anjo continua com seu sermão, já pensando em futuras promoções.

— Vai morrer, simmm! E vai morrer hoje! Faço questão de te levar. Vai nem que seja no colo.

Quase que num transe, Asdrúbal não conseguia entender direito o que estava acontecendo. Na opinião de quem estava prestes a passear de caixão, o anjo já estava levando para o lado pessoal.

— Se tocar a mão em mim, eu te mato — reagiu o pobre do pré-presunto.

— Quem mata aqui sou eu! — enfatiza a morte, preocupada com a concorrência.

— Oh, meu Deus, me ajude! — suplica Asdrúbal, levando as mãos aos céus, apelando para a presidência.

— Ah, quer ajuda de Deus agora?! Não quero te desanimar, mas ninguém da diretoria vai te escutar. E tem mais, o povo lá de cima tá de saco cheio de tanto ajudar quem não se ajuda.

O anjo tinha realmente levado para o lado pessoal. Ninguém o havia atendido quando suplicara por clemência há algumas centenas de anos atrás. Para quem não sabe, a vingança celestial é uma das mais mortais que existem.

Chegada a hora, o anjo olha para o candidato à vaga de alma penada, o fulmina com um olhar mortal (é claro!) e ordena:

— Morre! Morre! Morre, desgraçado!

Essas palavras ecoam pela sala e na cabeça de Asdrúbal, que gira ao som psicodélico da morte.

Em meio a uma pequena névoa, acompanhada de um tímido silêncio, Asdrúbal acorda gritando e suando no sofá.

— Nãooooooooooooooooooooooooooooooooo!

A mulher invade a sala e o desperta do pesadelo:

— Acorda, seu merda! Bebe, seu desgraçado! Bebe, filho de uma égua, depois fica aí tendo estremiliques. Olha pra isso, chega e está todo mijado!

Numa mistura de raiva e indignação, a mulher o vê levantar com a cara mais esquisita do mundo.

— Que foi peste? Até parece que viu a morte!

Lentamente Asdrúbal acorda, passa as mãos pelo corpo, belisca o braço e constata que tudo não passou de um sonho. Sim, ele está vivo. Diante disso, saiu pulando e gritando pela sala:

— Eu tô vivo! Eu tô vivo! Hahahaha.

A mulher não estava entendendo nada, e ele dançando e cantando pela sala a música do Gonzaguinha...

— "Viver, e não ter a vergonha de ser feliz..."

Abraça e beija a mulher como há muito não fazia. Ofegante, diz a ela o quanto ela é importante. O quanto a ama. O quanto ama os filhos. O quanto a tinha feito infeliz. Diz que daquela hora em diante tudo ia ser diferente. Diz coisas desconexas. E chora pelos cotovelos. Soluça. Implora perdão. A sala roda. A mulher roda. O sofá roda. A mulher grita. O coração roda. O coração para.

Asdrúbal cai no chão.

A mulher, entre lágrimas, ajoelha e o abraça como também há muito não fazia.

— Acorda, amor, não faz isso comigo não. Acorda, amor da minha vida. Não me deixa sozinha. Acorda, homem de Deus.

Os meninos acordam e encontram a mãe com o pai, já morto, no colo, chorando, embalando como quem embala uma criança. Entre uma lágrima e um gemido de dor, ela canta baixinho no ouvido do seu homem:

— "Viver... e não ter a vergonha de ser feliz".

Minha mãe tinha os olhos afogados e,
de tanto chorar, acabou me afogando também.

Deusas do cotidiano
(fevereiro/2008)

"De todos os hinos entoados em louvor às revoluções nos campos de batalhas, nenhum, por mais belo que seja, tem a força das canções de ninar cantadas no colo das mães."

O nome dessas mulheres eu não sei, não lembro e nem preciso saber. São nomes comuns em meio a tantos outros espalhados por esse chão duro chamado Brasil.

Mas a maioria delas eu conheço bem, são donas de um mesmo destino: as miseráveis que roubam remédios para aliviar as angústias dos filhos. É quando a pobreza não é dor, é angústia também. São as ladras de Victor Hugo.

Donas da insustentável leveza do ser, as infantes guerreiras enfrentam a lei da gravidade.

Permanecem de pé ante os dragões comedores de sonhos que escondem na gravidade da lei.

Das trincheiras do ninho enfrentam moinhos de mós afiadas para protegerem a pança dos pequeninos. São as quixotes de Miguel de Cervantes.

Místicas, não raro, estão sempre nuas em sentimentos. Quando precisam, cruas, esmolam com o corpo, e se postam à espera do punhal do prazer que cravam no seu ventre. É quando o prazer humilha. São as habitantes do inferno de Dante.

Rainhas de castelos de madeira sustentam os filhos como príncipes, e os protegem da fome, do frio e da vida dura e cruel que insiste em bater na porta das mulheres de panela vazia. Quanto aos reis, também são os mesmos: os covardes dos vinhos da ira.

Mágicas, esses anjos se transformam em rochas, quando a vida pede grão de areia. Em flores quando rastejam, em espinhos quando protegem.

Essas mulheres são aquelas que limpam tapetes, mas não admitem serem pisadas.

Riscam papéis, limpam máquinas e consertam crianças que nascem com o sonho quebrado.

São domésticas, mas não admitem serem domesticadas.

E riem quando suam sob lágrimas e sangram o perfume da violeta impune estampada no rosto, que, de rosa, não tem nada.

Sim, elas são as deusas do dia a dia.

Maria Mineira
(junho/2007)

Conheci muitas mulheres valorosas e importantes na minha vida. Mulheres de temperamento forte e ingênuas ao mesmo tempo, mas acima de tudo mulheres, na concepção mais fecunda da palavra.

Uma delas foi minha mãe, Maria Vieira, ou Maria Mineira, como a conhecem alguns.

Morava ali no Jardim Scândia, subindo a ladeira do Jardim Panorama. Ladeira que mais parece uma escada para o céu. Ali, onde até os mais arrogantes são obrigados a se curvar. Foi lá que a rainha mineira fincou seu castelo.

A Maria Mineira era, para o bairro, a Maria Maria do Milton Nascimento: "... mas é preciso ter força, é preciso ter raça... sempre...", tamanha era sua fé na vida, seu amor pelo ser humano. Vivia sempre com uma sacola com coisas para distribuir para as pessoas que ela julgava não possuir nada.

Nunca foi médica, mas no PS Santo Onofre, onde era recepcionista, dizem que o seu sorriso amenizava a dor.

123

Muitas vezes eu a acariciava com meus olhos enquanto ela enxugava lágrimas alheias. Ela tinha esse defeito, achava que podia resolver os problemas do mundo, muitas vezes os carregava para si, como uma cruz indevida.

Na maioria das vezes, esses problemas a adotavam e tatuavam a sua pele. Os corações das mulheres são maiores e melhores que os nossos, por isso neles cabe mais amor, cabe mais sofrimento.

Por conta disso, elas dão à luz, e a gente só liga o interruptor.

Minha mãe foi traída por esse mesmo coração a quem ela se dedicava todos os seus dias, com carinho e respeito. Esse mesmo coração, covarde, deu-lhe as costas bem no auge da vida. Como um falso amigo, abandonou-a na hora em que ela mais precisava dele, na hora em que a gente precisava dela: eu e meus irmãos, Demerval, Scândia, Panorama, Pirajussara, enfim, Taboão.

Mas, "Sob o disfarce de mulher maravilha, morreu sem avisar. Frágil, mas sem implorar. Feito flor que rasteja, mas que a primavera não pode humilhar".

Não sei se virou nome de rua, mas é uma grande avenida em nossos corações.

Ao mestre, a eternidade
(agosto/2007)

Nesta semana, um dos amigos mais importantes que eu conheço vai completar setenta anos de idade, e parece que eu o conheço desde os sete, apesar de ter quarenta e três. Como alguém pode completar setenta anos e ainda se parecer com um menino? Será isso a tal eternidade? Quem viver verá. Também estou na fila, espero chegar a minha vez.

Quando o conheci foi amizade à primeira vista. Foi como se tivesse reencontrado um velho amigo de infância. Daqueles com quem a gente dividia o pão com mortadela e um copo de tubaína. Meu amigo é daqueles com quem a gente dividia o céu para empinar pipa — nem mesmo vidro moído podia nos separar.

Meu amigo é daqueles que a gente ficava triste por não ter caído na mesma classe, na época de escola.

Vai vendo a poesia do destino, o meu amigo é um grande professor. Quando ele cita o meu nome, respondo: — Presente!

O meu amigo, quando sorri, abraça com os olhos e seu coração mais se parece com uma escola, não daquelas onde se ensina, mas daquelas onde se aprende.

As rugas do meu amigo escrevem certo por linhas tortas, seu rosto é o mapa da cidade. Em sua face, tecida crua pelo tempo, é possível localizar cada bairro e se achar por cada rua que lhe escorre pelos olhos.

O professor Said é daqueles amigos que sabem as respostas antes mesmo que a gente faça a pergunta. Por isso não questiona, nem põe à prova.

Para um verdadeiro amigo não se dá nota. A gente só sabe que ele passa de ano, todos os anos, junto com a gente.

Queria um dia também poder completar setenta anos como o professor está completando. E que esse dia fosse uma grande festa rodeada de bons e velhos amigos, e que na hora de apagar as "velhinhas", eu fizesse a chamada:

— Professor Said?

E lá do fundo, como uma dessas surpresas da vida, ele me respondesse:

— Presente!

Aí, nesse dia, seria eu quem iria tocar o sinal do recreio.

O grande *Minicine Tupy*
(julho/2007)

Esses dias, assisti a um filme brasileiro chamado *Tapete vermelho*, do diretor Luiz Alberto Pereira, que conta a saga de um pai que promete ao filho levá-lo ao cinema para ver um filme do Mazzaropi.

Ao sair da roça, em sua busca, percorre várias cidades do interior e descobre que as salas de cinema já não são tão populares como nos tempos do seu pai (a maioria delas virou templos evangélicos). Um filme para quem ama a sétima arte e para quem curte o impagável Matheus Nachtergaele, um dos melhores atores do país.

Estou falando disso porque sou amante do cinema e porque também me lembrei de outra paixão: as pessoas simples que atuam na realidade.

Cinema + pessoas simples = Zagatti.

Luz!

Para quem não conhece, no horário comercial, Zagatti é catador de papel e, por conta disso, seus dias são quase invisíveis nas grandes salas coloridas onde são decididos nossos papéis de coadjuvantes, nesse curta-metragem que é a vida. Nada disso! Isso é para quem interpreta o filme errado. O Mazzaropi de Taboão achou um projetor no lixo e criou o Minicine Tupy para que as crianças da periferia também possam sonhar aos domingos com o mundo dentro de um saquinho de pipoca. Já é até filme.

Câmera!

Zagatti é um ser humano como poucos, por isso sofre como muitos. Arte é sofrimento e ser uma pessoa boa atrai muitas pessoas ruins. Sabe como é... nessa vida tem muito vilão no papel de mocinho, e é muito difícil chegar ao fim da película sem que alguém sangre no fim.

Sendo o que é, Zagatti é um dos melhores personagens da vida real dessa cidade e de outras cidades do mundo. As crianças que lotam seu cinema sabem do que eu estou falando. Aliás, um sorriso no rosto é o valor da entrada.

O seu Minicine Tupy é o nosso *Cinema Paradiso*, que é outro filme belíssimo sobre o amor ao cinema. Esse longa, de Giuseppe Tornatore, conta a história de Totó, um menino que amava ir ao cinema, e se torna amigo do velho Alfredo, projecionista do único cinema na cidade. Aí segue uma verdadeira história de amizade e amor ao cinema. O filme é lindo, assista.

A história maravilhosa do Zagatti se passa diante dos nossos olhos, sem cortes nem efeitos especiais, conheça.

Ação!

O pequeno príncipe
(setembro/2007)

Na semana passada, fui participar de um sarau com os alunos da escola Paulo Afonso, em Capuava, que fica em Embu das Artes, na divisa com Cotia. Além de mim, também foram convidados o Gaspar (Z'África Brasil), Zinho Trindade e o Baltazar (Preto Soul).

Os alunos da 5ª e da 6ª séries também prepararam uma apresentação para o dia, sob a supervisão de alguns professores, inclusive do Wagner, meu amigo.

A manhã de poesia já estava servida como merenda no pátio da escola e, para minha surpresa, a molecada repetia várias vezes. Até aí, além do presente da vida, nada de mais. Um poema solo aqui, um poema em grupo ali, uma música à capela, e o frescor da infância se esfregando nos meus olhos.

Em um determinado momento, a professora chama um garoto para se apresentar. Tímido como poucos, recitava sua poesia com bastante nervosismo, o suficiente para que alguns dos alunos começassem a rir da sua declamação. Sei que não riam por maldade, crianças apenas riem.

De súbito, senti minha alma desprender do corpo, numa rápida viagem para o passado. Vi-me ali no seu lugar, com doze anos, sendo punido pela timidez por apenas estar vivo na hora errada. "A timidez é uma lei muito severa a ser cumprida..."

De volta ao futuro, ainda consegui vê-lo em sua batalha contra o mundo. Como já disse, enquanto alguns riam, ele recitava como quem expulsasse o silêncio do corpo.

Parecia que lhe faltava o ar, as palavras lhe traíam, as vírgulas abriram fuga, os olhos caminhavam devagar demais para tanta pressa de sair de cena. As mãos tremiam por todo o corpo.

Nós, poetas, torcíamos por ele, os educadores gritavam pelos olhos por ele.

E, de repente, o vento parou de soprar para que o barulho não o atrapalhasse.

Os pássaros debruçados nas árvores acompanhavam-no em si bemol.

Uma nuvem calou a camada de ozônio para que ele pudesse respirar melhor.

Assim como um milagre, cujo segredo só as crianças sabem, pude vê-lo refletido nos olhos úmidos das pessoas, e o riso, como se recebesse uma ordem do universo, partiu para outra dimensão.

O mundo inteiro parou para ouvir o mais lindo poema da vida, a coragem de enfrentar as dificuldades.

Ao terminar, ele riu, agradeceu os aplausos e saiu como um nobre cavaleiro que acaba de derrotar um dragão numa batalha sangrenta, e sem nenhuma gota de sangue pelo corpo.

Eu ali como um fraco, voltando ao passado, tendo pena dele, e ele ali, como um príncipe guerreiro, enfrentando o futuro, e de canja, deixando a lição pra gente fazer em casa, de que só os fortes sobrevivem.

Se um dia eu crescer, quero ser como ele: gente.

Fábrica de asas
(outubro/2008)

> *"Adubar a terra*
> *com número e letras*
> *asas e poemas.*
> *Para colher lírios, cravos e alfazemas.*
> *Agricultor,*
> *o bom mestre sabe,*
> *que espinhos e pétalas*
> *fazem parte da Primavera.*
> *Porque ensinar*
> *é regar a semente sem afogar a flor."*

A vida é algo mesmo muito engraçado. Agora há pouco, antes de começar a escrever este texto em homenagem aos educadores e educadoras que conheço, me lembrei de uma coisa da minha adolescência, e que eu nunca entendi bem direito. É que eu não gostava de estudar, mas adorava a escola. Pena não ter sido o contrário, mas...

A escola para mim sempre fora um lar. Minha classe, como se fosse o quarto com o qual sempre sonhei, mas que nunca tive. O pátio, a sala de estar. E o melhor de tudo, com todos os meus amigos morando junto comigo.

Às vezes, ter parentes nem sempre é ter uma família e, para muitos, a hora da merenda era quase uma santa ceia.

Não me lembro de ter sido bom em alguma matéria — dá para contar nos dedos as notas "dez" que eu tirei —, também não fui o pior de todos, meu boletim era tipo colorido, vermelho e azul, e de acordo com cada série umas cores se destacavam mais do que as outras.

E por gostar tanto da escola e não gostar de estudar, repeti de ano duas vezes, na 3ª série do primário e na 7ª série do ginásio. Parece pouco, mas para quem só fez o colegial é como se o futuro andasse em direção ao passado. É como se a gente colasse da pessoa errada.

Minha matéria preferida sempre fora o recreio, e a bagunça era uma prova para a qual não precisava estudar. Se eu ficar em silêncio enquanto escrevo este texto, sou bem capaz de ouvir a molecada descendo as escadas depois do sinal, como uma manada enfurecida — entorpecida pela magia da infância —, correndo para casa. Ou quem sabe, fugindo do lar.

Num tempo em que a merenda para alguns era a única refeição, na periferia, "lar" e "casa" eram duas coisas extremamente diferentes. E se nós, os filhos da dor, desenhávamos nosso momento com giz colorido, em casa, muitas famílias escreviam a alegria a lápis, para que ficasse mais fácil para a tristeza apagar.

Outra coisa de que gostava muito na escola era dos professores, só que naquele tempo eu não sabia, descobri somente anos depois, quando já não estudava mais. Lógico que naquela época da ditadura alguns mais pareciam torturadores do Dops do que professores, e tudo isso, com o consentimento dos pais, os cúmplices.

Uma vez, uma professora, que mais parecia uma madrasta de contos de fada, puxou o meu cabelo com tanta força que até hoje me dói o couro cabeludo.

E sabem por quê? Porque estava desenhando um relógio com a caneta, no pulso, enquanto ela explicava alguma coisa. Quando ela percebeu a minha desatenção, me perguntou as horas, e eu respondi. Na hora errada. Ui!

Traumatizado, nunca mais usei relógio em minha vida. Por isso que às vezes atraso, adianto, nunca sei a hora de chegar. Hoje em dia, recitando poesia nas escolas públicas do país, descobri que esses que puxavam o cabelo das crianças não existem mais, foram engolidos pelo dragão do tempo, e substituídos por uma trupe de guerreiros e guerreiras que, mesmo abandonados pelo Estado, insistem em educar os nossos filhos. Não é da hora?

Autodidata, aprendi a sofrer por conta própria e aprendi também que é possível construir o universo longe da universidade, só que demora mais quando não se tem asas para voar.

Qual é a resposta certa?

a) Lição de casa se aprende na escola.

b) O professor é aquele que confecciona asas. E voa junto.

c) Ensinar é regar a semente sem afogar a flor.

d) Quem faz lição de casa colhe castelos.

Poeticamente falando, todas as alternativas estão corretas.

Escola é da hora

(sem data)

Outro dia, fui fazer um sarau a convite do poeta/professor Márcio Batista, na E.E. José Lins do Rêgo, que fica aqui na zona sul, depois de Piraporinha e antes do Jardim Ângela.

Como uma tarde de poesia tem sempre surpresas agradáveis, eu reencontrei uma grande amiga, a Célia Zacarias, que hoje é vice-diretora da escola. A Célia é uma daquelas pessoas maravilhosas que irradiam o ambiente à sua volta. Ela tem um sorriso enorme, e, quando ri, parece que ri pelas pessoas tristes também. Nós nos conhecemos há anos, na campanha contra a fome, organizada pelo sociólogo Betinho. Uma hora eu conto os detalhes, por ora, só queria dizer que ela é uma pessoa maravilhosa.

No sarau, falei um pouco sobre o meu trabalho, fiz uma oficina de poesia — eles fizeram um poema coletivo —, recitei alguns textos e chamei o Márcio Batista para também entrar na roda, e como o poeta é professor nesta escola, muitos alunos não sabiam que ele fazia poesia, foi da hora ver a surpresa deles.

Depois, chamei alguns alunos para recitar, e mais surpresas, vários tinham poemas de autoria própria, uma, por exemplo, acabou fazendo um poema na hora e, diga-se de passagem, um belo poema.

É legal ir às escolas porque muitos alunos pensam que poetas e escritores, a maioria, já estão mortos, e que são intelectuais que falam uma língua estranha, que é coisa de menina ou de uma pessoa extremamente romântica. Uns, não exatamente nesta escola, mas em várias em que eu já fui, têm uma ideia de uma pessoa superinspirada, do tipo que acorda pela manhã dizendo bom-dia para o sol, para a porta, para a cadeira, para o café, e por aí vai.

Por isso acho que é muito importante os poetas e escritores doarem seu tempo para esclarecer essas dúvidas dos jovens, e, de quebra, incentivar a leitura. Muitos jovens não leem porque acham que vão virar CDFs, e que para ler um livro vão ter de abandonar outras atividades. Louco né?

Quando vou no noturno, supletivo ou no Cieja (Educação de Jovens e Adultos), digo que quem lê beija mais na boca.

Uma vez eu fui a uma escola que, quando era a hora da leitura, a professora dava uma balinha para associar o livro a uma coisa doce. Os professores são meus super-heróis. Todos. Até os ruins.

Vou contar uma história. Uma vez fui fazer uma oficina em uma classe, acho que da 4ª série, e comecei a falar o que era poesia, e li alguns dos meus poemas e tal.

Um menino me chama e diz.

— Então, isso é que é poesia?

— É isso — respondi.

— Ah, isso eu também sei fazer — disse, meio decepcionado.

— Pois é, todo mundo sabe, mas muitos não sabem que sabem.

— Acho a poesia mó bom.

— Eu também.

Foi uma tarde maravilhosa, aprendo muito com esses dias em que a vida não parece machucar a gente.

Escritores da liberdade
(maio/2008)

Depois de muito tempo longe de tudo e de todos, por conta do livro da Cooperifa que eu estava escrevendo — acabei de escrever, mas depois eu falo disso —, a primeira coisa que cai em minhas mãos é o filme *Escritores da liberdade*, que ganhei ontem de uma professora na escola onde fui dar oficina de poesia.

Fiquei feliz por dois motivos: primeiro, porque adoro cinema, mas adorar de adorar mesmo; e não é papo-furado ou conversa para agradar em mesa de barzinho, sou do tipo que coleciona, e se liga na história e tal, e também gosto de um monte de filmes e de um monte de lugares. Sempre achei que na periferia devia ter um cineclube para a gente assistir uns filmes que não passam no cinema ou na TV, tipo *Machuca*, *Sacco e Vanzetti*, *Conta comigo*, *Jules et Jim*, *O cangaceiro*, *Lúcio Flávio*, *El Cid*, *O carteiro e o poeta*, *Um dia de cão*, *Touro indomável*, e mais uma infinidade de clássicos cinematográficos tão importantes quanto os clássicos da literatura. E, segundo, porque todo mundo que já tinha assistido estava me recomendando, porque achava que de alguma forma eu iria me identificar com a história. Acertaram.

Eu estava resistindo, porque acho que esse tipo de filme, depois de *Ao mestre com carinho*, com Sidney Poitier, virou meio clichê. É. Essa história do professor bonzinho entrando na vida de adolescentes problemáticos, de comunidades problemáticas... Mas aceitei assistir porque é sobre uma história real da cidade de Los Angeles, no turbulento início dos anos 1990, pós Rodney King, lembram?

E também porque há dois anos estou fazendo os saraus e oficinas nas escolas da quebrada e poderia sugar alguma coisa para levar aos alunos do EJA (Educação de Jovens e Adultos). Ah, também porque curto a Hilary Swank (*Menina de ouro*), ela é a dentuça mais charmosa que eu conheço.

Quando o filme terminou, eu pensei: mas não é que o filme é legal mesmo? Que história bacana de ser assistida, ainda mais do ponto de vista da literatura sobre os jovens, e vice-versa, e do ponto de vista do preconceito que ainda assola o nosso mundo.

Lembrei dos professores Rodrigo Ciríaco, Maca, Samuca e de um monte de mestres que estão aí na periferia tentando educar a molecada que o Estado não quer que seja educada.

As escolas são analfabetas e a culpa não é do professor, eu sou testemunha ocular desse crime. Para mim, que só vou uma vez por semana às escolas e não dou nota para nada do que eles fazem, é muito fácil trocar ideia e conseguir a simpatia gratuita da juventude, mas vai ver isso todo dia...

Hoje, tem marmanjo dando na cara de professora. Que deselegância! Quer saber? O professor é tipo meu herói! Aí, você pode falar: — é, mais tem uns... Mas tem "uns" em qualquer lugar, em qualquer tipo de profissão.

Aliás, transmitir conhecimento não devia ser profissão, devia ser encantamento, e esses feiticeiros poderiam ter todo o ouro de que precisassem, quando o diamante acabasse. Não abro mão, professor devia ter capa e cinto de utilidade.

Eu acho que professor voa, tem superpoderes e visão de raio x. Eu, quando estou em perigo, chamo um professor, não quero nem saber se ele é da rua ou se é da escola, consulto sempre um mestre.

Bom, tirando meus efeitos especiais, e voltando ao cinema, o filme é bem piegas, mas confesso que funcionou comigo.

Na calada da madruga, depois de um dia intenso de correria, uma emoçãozinha até que não foi mal.

Se você não tiver lição para fazer em casa, na hora do recreio é bem melhor, assista e depois comenta comigo.

Toda aula devia começar assim: LUZ, CÂMERA, AÇÃO. SONHANDO!

Diproma de poeta
(maio/2009)

Como a poesia não pode parar, nesta sexta-feira fui promover um sarau com a turma do EJA Modular na escola Aracy, em Taboão da Serra, numa parceria com a Secretaria de Educação, intitulada "Caminhos poéticos da educação". E que vem se juntar com os saraus nas escolas que faço às terças-feiras.

Fico muito feliz quando vou falar de poesia para esses alunos: primeiro, porque acho que voltar a estudar depois de tanto tempo longe da escola exige muita coragem, além de muita humildade e disposição. Segundo, porque se a gente analisar friamente, é muito mais fácil ficar em casa assistindo novela, jogando baralho no bar ou simplesmente vendo o tempo passar. E o tempo passa. Mesmo se você, ou eu, escrevê-lo com "N" ou com "M".

Dizem que para ser alguém na vida é preciso ter um ou vários diplomas, coisa com que eu não concordo muito. Lógico que não sou louco de ser contra o canudo e acho que todo mundo na periferia devia ter condições de estudar em uma universidade para conseguir um, e sei que é fundamental a gente ir mais além do que o ensino médio, mas, para ser alguém na vida de verdade, a gente devia conquistar também o conhecimento. E se ele vier acompanhado de um diploma, então...

Medicina é uma profissão tão digna quanto Funilaria, por isso devemos ter muito cuidado quando falamos algo sobre "vencer" na vida.

Diploma tem a ver com estudar para as provas e conhecimento, com estudar para a vida, e não termina nunca. Por isso, acho que os dois deveriam vir juntos; assim, quando a gente se sentasse numa roda para trocar ideias, a gente não falaria só das nossas profissões. Não existe nada mais chato do que um profissional, seja ele de qualquer área, exercendo sua profissão na mesa de bar.

Conheço poeta que não lê, jornalista que não gosta de notícia, médicos sem remédio, professores que não estudam justamente porque acham que se formaram, como se sabedoria se medisse por grau ou degrau.

Ninguém sente saudade do histórico escolar, mas das histórias dos tempos de escola, da faculdade. Do recreio, dos professores, dos amigos, do aroma indescritível da infância e da adolescência. Só por isso, já vale muito a pena estudar.

Uma senhora, uma vez, me disse com um sorriso e uma dignidade divina estampada no rosto que tinha voltado a estudar porque não queria morrer sem saber ler nem escrever, pois tinha medo de chegar no céu e não conseguir ler as placas que indicavam o caminho a Jesus. Não disse, mas pensei, que se alguém quisesse encontrar algum tipo de deus, qualquer um, devia segui-la. Pessoas humildes acendem luzes no fim do túnel.

Diploma e conhecimento, por falta dos dois me tornei poeta, que é a forma mais bela que achei para dizer que sou analfabeto.

Sonho de giz[6]

(sem data)

Nesses tempos de humanidade tão desumana, o poeta e professor Rodrigo Ciríaco é uma dessas pessoas que conseguem passar despercebidas pelos olhos grandes da mediocridade. O poeta escreve a vida, preta e branca, com giz colorido para que a dor que emana dos nossos olhos não afete nossos corações. Por isso, seus contos ora nos enchem de lirismos, ora coçam nossas feridas.

E ele nos mostra que a vida dói, mesmo quando nós a enchemos de palavras belas, tão necessárias para o pão que alimenta nossos dias sem trigo.

O professor parece um desses quixotes que habitam as escolas da periferia e insistem em educar dignamente nossas crianças, que são os mesmos meninos e meninas que o Estado insiste que não sejam educadas, motivo pelo qual luta incansavelmente de giz em punho.

---

[6] Texto escrito para o livro *Te pego lá fora*, de Rodrigo Ciríaco.

E por não concordar que as salas de aulas se tornem analfabetas, ele agora faz parte da liga da justiça da educação, e é mais um desses raros super-heróis anônimos, sem superpoderes, que acreditam que podem o impossível, e que de tanto enfrentarem o invisível fazem com que a gente acredite também.

Ao ler o livro *Te pego lá fora*, lembrei de um tempo em que brincar no pátio na hora do recreio era muito mais interessante do que ficar na fila da merenda, mesmo sabendo da importância que a merenda tinha para alguns.

Mas, hoje, como sorrir sobre ruínas?

É sobre isso que Rodrigo Ciríaco nos fala em suas leituras proibidas emaranhadas de ironia, que ele divide com a gente em seu livro de estreia, tão aguardado numa outra escola onde ele também leciona às quartas-feiras: o Sarau da Cooperifa.

Como em um dos seus contos, "Papo reto", vou dar uma letra para guardar no seu caderno: ele é um dos poucos que, quando a responsa chama, diz:

— Presente!

Minha poesia é bipolar:
ora com um sorriso no rosto,
ora com uma pedra na mão.

Caminho suave
(outubro/2007)

Fazer os saraus nas escolas tem me trazido boas lembranças sobre um tempo que não volta mais. Mas também tem ressuscitado velhos fantasmas adormecidos na memória.

Lembro de um tempo em que estudava na 2ª série primária, e quando o professor entrava na sala de aula, todos os alunos se levantavam em sinal de respeito. Aliás, éramos obrigados a fazer esse tipo de reverência a todos que entrassem na nossa classe. Nos anos setenta, em plena ditadura brava, todo mundo era autoridade, menos as crianças.

Na segunda e na sexta-feira, antes da aula, todos íamos para o pátio hastear a bandeira e cantar o hino nacional. Não entendíamos muito o porquê de cantarmos aquela música tão difícil e indecifrável, mas seguíamos entoando a canção sob a batuta dos nossos mestres: "... fulguras, ó Brasil, florão da América...". Caminhávamos, mas sem seguir a canção.

A sala dos professores era uma espécie de quartel-general inimigo. Quase ninguém a conhecia por dentro. Só uma coisa era certa: era ali que decidiam se íamos passar ou não de ano. Repetir o ano não era bem-visto pelos nossos pais. Ai!

Aquela sala povoava nossas pequenas mentes com assombrosas imaginações...

Mas nada se comparava ao medo que tínhamos da sala do diretor. Para nós, pequenos subversivos, a sala impunha o mesmo pavor que a sala do Dops aplicava aos que lutavam pela democracia. Dali ninguém saía impune, todos eram fichados, no mínimo uma advertência.

Por vezes, achei a escola parecida com um campo de concentração, e, por conta do medo, muitas vezes vi alunos sendo atingidos pelas costas por pularem o muro para matarem a aula. Os inspetores me pareciam autênticos soldados da Gestapo.

Por incrível que pareça, aprendi a ler e a escrever numa cartilha chamada *Caminho suave*.

Uma vez, fiquei de castigo atrás da porta porque estava desenhando um relógio, com uma caneta, no meu pulso. Na opinião da professora, eu estava fazendo hora no tempo dela. Que horas eram? Não lembro, mas em represália também não lembro o nome dela, e não uso relógio até hoje.

Um coleguinha descobriu que sua mão tinha 12 cm por conta das reguadas que levava toda vez que olhava para o lado. Um puxão de cabelo ali, um chacoalhão acolá, e o que é pior, tudo com a autorização dos nossos pais.

Lógico que hoje não é mais assim, e o professor é o grande farol na busca de um país melhor, mas como eu disse no começo: são apenas fantasmas que espreitam a memória; como tenho medo de escuro, queria dividir com vocês esse tempo em que a escola doía em mim, como um dia sem merenda.

Não acredito em gente triste que vende felicidade.

Unidos da Pedra do Reino
(janeiro/2008)

Pois é, povo lindo e inteligente deste país, depois de mais um ano de espera, até que enfim é Carnaval. Dizem alguns que no país o ano só começa depois das folias de Momo. Para alguns, eu acho que sim, mas para outros, acho que o ano nunca começa como devia ter começado.

Mas, enfim, como a vida sempre desafina, são aqueles que seguram as cordas que mantêm os trios elétricos nos trilhos.

O Carnaval é o Prozac do país, para onde quer que você olhe as pessoas estão felizes. Ou parecem que estão. Sei lá, deixa a cuíca roncar, não quero atravessar o samba de ninguém, só queria entender o refrão.

Nunca fui um folião do tipo confete e serpentina, ou pierrot diante de qualquer colombina, o samba nunca esteve ou passou pelos meus pés, sambando estou mais para Robocop.

Passista frustrado, as minhas fantasias coloco na vida real.

Sem brilho nenhum, nunca tirei dez em nenhum quesito qualquer, mas, apesar da falta de ginga, como quase todo brasileiro, também gosto de Carnaval.

Pena eu não ser uma cria da avenida como realmente gostaria de ser. Queria que cada veia minha fosse uma corda de cavaquinho e, mesmo sem saber batucar em caixa de fósforo, já quis ser mestre de bateria e atear fogo no ouvido da multidão. Mas tenho que admitir que estou muito mais para Quarta-feira de cinzas do que para praça da Apoteose.

O Carnaval é quando o povo decreta a felicidade, nem que seja apenas por quatro míseros dias.

Falando em escolas de samba — essa beleza fantástica criada por mãos calejadas e abençoadas pelo suor do povo brasileiro —, parece que elas saíram das aventuras do livro de Ariano Suassuna, *A pedra do reino*, e parece que seus personagens foram escritos especialmente pelas alas dos compositores Mario Quintana do Cavaco, Manoel de Barros do Pandeiro e Eduardo Galeano do Morro da Poesia.

Se liga nos nomes que atravessam a avenida como uma caneta atravessa o papel: pavilhão, mestre-sala e porta-bandeira, ala das baianas, harmonia, evolução, mestre de bateria, rainhas e princesas, carro alegórico, tamborim, alegoria, abre-alas, comissão de frente, velha guarda, e por aí segue o poema.

Essas palavras, todas elas, rimam com gente simples, que é um outro poema bonito de se ler.

Por ter sido sempre da ala da melancolia, o Carnaval soa pra mim como um velho samba antigo na voz triste do mestre Cartola, e o meu coração, esse puxador de samba da memória, mais parece um velho palhaço perdido no meio do salão.

Nesse mundão velho e fora de ritmo, o povo brasileiro é o único que consegue transformar sofrimento em festa, sem usurpar a alegria de ninguém.

E com o suor pisado no rosto e o sangue escorrendo nos pés, a gente entoa um mantra do Jair Rodrigues como se implorasse aos céus: "... tristeeeeza, por favor, vai embora".

Sobre Kichutes e chuteiras
(outubro/2007)

Outubro é o mês em que se comemora o Dia das Crianças. Depois do Natal, esse é o dia mais aguardado para qualquer menino ou menina, pois, teoricamente, é uma data para receber presentes.

Sinceramente, não tenho boas lembranças desses dias, na minha casa a roupa sempre foi muito mais importante do que brinquedo; por isso, desde cedo aprendi a brincar só com meus botões.

Sem carrinho para dirigir, ou bola para chutar, cheguei de Kichute na adolescência com os pés cheios de lama e lágrimas no coração.

Um tempo em que era muito difícil entender que existia um dia só para as crianças, mas, ao mesmo tempo, só para algumas delas. Quem será que ensinou aos adultos serem tão cruéis? Somente um adulto é capaz de ensinar uma criancinha a ter raiva e inveja ao mesmo tempo.

Raiva, porque as ruas nesses dias eram tomadas de cores e luzes da felicidade alheia, e inveja, porque toda essa luminosidade não brilhava em todos os quintais.

De mãos vazias, também aprendi a ter raiva do Playcenter e do Papai Noel. Bom velhinho, sei...

No caso das meninas, fico pensando que também não devia ser diferente. Consegue imaginar acalentar a boneca da vizinha que ganhou presente e chamá-la de sua filha ao mesmo tempo? De onde eu vim eram as bonecas que adotavam as princesas sem castelos.

Brincar de babá aos seis deve doer tanto quanto ser motorista sem carrinho aos sete anos de idade. Sorrir com a alegria emprestada... É muito sério ser criança.

Descobri com os pés sem meias que somos o país do futebol, porque uma única bola — não importa de quem seja — é capaz de fazer a alegria de um bairro inteiro, e nessa hora não importa quem ganhou presente ou não.

Para quem não sabe, o futebol também é um esconderijo de crianças tristes e solitárias. Descalços ou não, uns chutam a bola; outros, a vida.

Não estou fazendo propaganda de loja ou supermercado, nem sei se as pessoas se tornam melhores porque na infância ganharam brinquedos ou não, só quis lembrar de um tempo em que o algodão não era tão doce, e que a vida entrava de canela, apesar da magia e da fragilidade dos ossos da infância.

Se vão presentear seus filhos, para que não se tornem poetas tristes como eu, não esqueçam: as crianças gostam que os pais venham como acessórios. Ou quem sabe, o contrário.

Hoje em dia, "os pais" que não sabem brincar abandonam filhos no lixo ou os atiram pelas janelas, e, se ninguém fizer nada, haverá um tempo em que a gente não se lembrará mais da falta dos brinquedos, e sim das crianças.

Dia de Finados
(novembro/2008)

O Dia de Finados sempre passou batido pra mim, nunca fui frequentador de cemitério, tampouco de cultuar cadáveres.

Nada contra ninguém ou contra qualquer tipo de religião, eu só não gosto.

Gosto de deixar as pessoas vivas na minha memória, como se vivessem para sempre, assim como fiz com a minha mãe há alguns anos, no seu enterro, despedi-me de seu corpo, mas sempre que posso me lembro de como era sua alma. Como era esperta a danada. Não sei como não enganou a morte.

Mesmo depois de falecer, minha mãe ainda estava mais viva do que muita gente que conheço, não só porque era minha mãe, mas pela paixão que tinha pelos dias. Ela era daquelas pessoas que sofriam, mas que sequer desconfiavam. De tão distraída, ria, como se fosse uma pessoa feliz.

Pois é, vai vendo o paradoxo: muita gente morta está viva, enquanto muita gente viva...

Quando era mais novo, sempre tive medo dos mortos, e, para piorar, o campinho onde eu jogava bola na infância e que mantinha vivo o sonho de virar jogador de futebol virou cemitério, lá no Jardim São Luiz, periferia da zona sul de São Paulo. Lugar que me ensinou que os fantasmas mais assustadores são aqueles que estão vivos, fingindo-se de mortos.

Hoje, muitos sonhos estão enterrados ali e a maioria de jovens que morreram assassinados por armas de fogo ou pela frieza do Estado. Acredito que lá tenha a maior quantidade de chumbo debaixo da terra por metro quadrado do país. E se juntássemos todas as lágrimas das mães que enterraram seus filhos ali, o mar seria pouco para guardá-las.

Lembrando rapidamente as pessoas que se foram, eu fiquei pensando: será que essas pessoas que passaram em minha vida existiram de verdade ou foram apenas minha imaginação?

O Wilsinho, Bacamarte, Baianinho, Marcílio, Marcelo, Drácula, Ricardo, Meningite, Rina, Seu Hélio, Pelezinho, Miltinho, Chaca, Juarez e tantos outros, será que não foram invenção minha, poemas que não escrevi? Vai saber... esse negócio de lembranças...

Gonzaguinha morreu. Nunca foi meu amigo, mas era como se fosse, fiquei muito triste com a sua morte. James Brown também.

Cartola ia fazer cem anos e não o conheci por um dia sequer, mas é como se estivesse vivo.

Silvio, meu irmão, morreu antes de conhecê-lo. Silmara também.

China foi o primeiro cadáver que eu vi.

Morreu sobre as garrafas com um tiro na testa. Dizem que tentou reagir a um assalto. Demorei para esquecer essa cena, esse morto me seguiu por vários anos, tempo em que me escondia debaixo das cobertas.

Tenho saudades da Cássia Eller. Da Elis. Do Quinho, meu cachorro.

Queria que o Preto Jota e o Jhay estivessem aqui para ler este texto, mas foram baleados pelo destino traiçoeiro das vielas escuras da deselegância.

Acho que, se não fosse pelo Código Penal e os tratados de paz, metade da raça humana já teria sido assassinada pela outra metade da raça humana. Que raça!

Não acredito em vida após a morte.

Só durante a vida.

Jaz.

Renas de Troia
(dezembro/2007)

Para delírio dos comerciantes deste país, chegamos finalmente na semana das festas natalinas. Nem no Dia das Mães se consegue vender mais do que no Natal. É uma época para dar e ganhar presentes. Época em que se mede o afeto das pessoas pelo tamanho do presente que se ganha. Ou se dá.

Por onde quer que você ande, você pode escutar os sinos badalarem, e de quebra, a cantora Simone importunando os nossos ouvidos com o chato daquele refrão: "Então é Natal, então é Natal, então é Natal...", como se a gente ainda não soubesse. Só de lembrar...

Para falar bem a verdade, eu nunca gostei do Natal, não sei bem o porquê, mas não gosto. Acho que deve ser porque nunca tive Natal na minha infância, tampouco na adolescência.

E também nunca gostei do velhinho de barba, o tal de Noel.

Ele, pra nós, sempre foi uma pessoa extremamente deselegante, nunca aceitou o convite para visitar a nossa casa.

Dizem as más línguas que ele não gosta de criança pobre e tem medo de circular na favela com suas renas que voam. Prefiro o Ano-Novo.

Ninguém pode me culpar por não gostar do Papai Noel. Todos que eu conheci tinham barba, cabelo e barriga falsos, e quase nenhum era velhinho. E na sua grande maioria eram homens desempregados à procura de bico para sobreviverem. Mais ou menos como em lanchonete *fast-food* americana: gente que é paga para sorrir, mesmo sem alegria no coração.

Ninguém pode ser feliz ganhando o que eles ganham.

Dizem as más línguas que a figura do bom velhinho foi criada sob encomenda ao artista e publicitário Haddon Sundblom por uma grande empresa de refrigerante mundial. E assim nascia mais um personagem americano que dominaria o mundo.

Não gosto desse clima natalino porque ele me soa falso. As pessoas me soam falso. E eu também soo falso.

Por conta desse clima de falsa solidariedade, vou ter de abraçar até quem eu não gosto, e ser abraçado por quem não gosta de mim. No Natal a gente finge que ama e acredita que é amado.

Nada mais triste.

Não é amargura, ou coisa de poeta que não tem chaminé, só não entendo o Natal, esse "jeito americano de ser" no qual as pessoas acreditam e que eu não tenho.

Não gosto do Natal porque também é uma época que neva muito no Brasil, não suporto o frio, meu aquecedor está sempre quebrado.

Mas gostando ou não gostando, já é Natal e não posso fazer nada contra isso.

Mesa farta, mesa falta, em tudo quanto são casas. Em umas, Cristo não se manifesta; em outras, não foi convidado.

Aos que puderem, tenham boas festas.

Ah, antes que eu também me "esqueça":

— Feliz aniversário, Jesus.

Dizem por aí que é o aniversário dele.

Não posso me dar ao luxo de ser feliz,
porém, sou orgulhoso demais para ser um sofredor.

Folha da amargura
(fevereiro/2009)

"POETA É PRESO EM FLAGRANTE SORRISO"

Neste sábado pela manhã, a tropa de elite do mau humor, fortemente armada, conseguiu prender o poeta Augusto, 44, que estava sorrindo, sem autorização, deliberadamente, em mais uma manhã terrivelmente ensolarada. Acusado de idiota, o poeta foi enquadrado na Lei nº 777, denominada "Tristeza não tem fim", e imediatamente levado ao Departamento das Caras Amarradas, no Centro das Mágoas, em São Paulo.

O poeta Augusto tinha acabado de acordar e saiu para uma pequena caminhada, cheio de alegria, conforme testemunhas, e começou a sorrir para todos que estavam em sentido contrário, literalmente. Foi aí que foi abordado por uma viatura que fazia ronda no local.

Antes de fugir, trocou olhares sem maldades com a tropa do mau humor e saiu em disparada pela rua Esperança. Depois da perseguição com troca de insultos, não por parte do poeta, ele foi preso em flagrante, ainda com duas ou três risadas que iria usar mais tarde.

Ao ser interrogado, Augusto não entregou quem lhe havia fornecido a alegria, e ainda revelou, de forma risonha e irônica, que ele era o dono da boca.

O mau humor confirmou sua prisão temporária por trinta dias e que, no final da tarde, o poeta será transferido para o presídio de solidão máxima, enquanto aguarda o julgamento.

O Secretário-Geral das Mesquinharias, coronel José Bicudo Guerra, 98, informou em entrevista coletiva que o governo vai investir pesado na luta contra o bom humor, e que dentro de dois ou três anos vai erradicar a alegria do país.

Da redação: Vira-lata das ruas.

Contos celulares nº 1 — Amigo é para essas coisas
(sem data)

— Alô?

— Alô?

— Marco?

— É. Quem é?

— Samuca.

— E aí?

— Firmeza.

— Cê foi no samba ontem?

— Fui, cê não foi por quê?

— Tretei com a mina.

— Que zica.

— Tava bom?

— Vixe!

— Mulher?

— Uma pá.

— Se pá, cê não catou nenhuma.

— Abraça.

— Então, foi à pampa?

— Suave.

— Sumemo.

— Ô, Marco?

— Fala.

— Tá de boa?

— Tá meio osso, mas tá bom.

— Qualquer coisa, liga nóis!

— Já é.

— Fui.

— Samuca?

— Que foi?

— Valeu por ter ligado...

— Sem essa mano, tamo junto.

— ... Tava mesmo precisando falar com alguém.

— Eu também.

— Falô.

— Falô.

Contos celulares nº 2 — Rélou my friend[7]
(março/2008)

Sempre falo ao telefone com o Alessandro Buzo, e para quem não o conhece — se é que tem alguém que não o conhece — ele é escritor e um dos maiores agitadores culturais que conheço. Ele mora no Itaim Paulista, zona leste de São Paulo.

Quando eu não ligo é ele quem liga. Fala bem pouquinho a criança, sei.

O bom de conversar com ele é que a gente ri pra caramba.

Outra característica do Buzo é o amor que ele tem pela família. Vixe, chega a encher o saco. É Marilda pra cá, é Evandro pra lá. Coisa bonita de ver.

É justamente sobre isso que eu queria falar, sobre amar a família. Pô, fiquei superemocionado quando ele me ligou para a gente trocar umas ideias e disse que estava fazendo aulas de inglês com o seu filho de oito anos. Fiquei muito emocionado mesmo.

---

[7] Texto com legendas em português.

Já pensou na fita, estudar com seu filho? Congratulations, Alessandro Buzo.

Legenda: Parabéns, Alessandro Buzo.

Ganhei o dia com essa notícia, deu vontade de estudar a língua afegã com a minha filha, só para não ficar atrás.

Bom, fiquei pensando numa história engraçada para escrever, não sobre ele estudar com o Evandro, porque isso, além de ser muito bonito, é também uma coisa muito séria, a informação.

Da escola, da rua, se possível das duas juntas.

Quer acreditem ou não, a escola ainda é o lugar mais seguro para passar a infância e a adolescência.

E os professores ainda são os responsáveis pelo nosso futuro, quer os governos acreditem ou não. Mas, enfim...

Ligo para o Buzo um ano depois de ele entrar na escola de inglês.

— Alô?

Eu ligando para o Buzo.

— Hello?

Legenda: Alô?

Responde o Buzo com um sotaque de lorde inglês.

— Rélou? — digo eu, espantado com o sotaque do vagabundo.

— Yes, é o Vazgabundo?

Legenda: Sim, é o Vazgabundo?

— Sumemo.

Legenda: Isso mesmo.

— E aí, my friend, firmeza full?

Legenda: E aí, meu amigo, firmeza total?

— Ô meu, tá ficando besta, fala direito comigo.

— Pô, desculpaí, é o hábito, está tudo bem?

— Comigo está, mas eu estou ligando para dar um salve, saber como andam as coisas, faz tempo que você não liga, e tal.

— One thousands fitas! Crazy life, meu caro poeta, crazy life.

Legenda: Mil fitas! Vida loka, meu caro poeta, vida loka.

— Que diabos é creizilaife? Como andam os livros?

— My books? *The train* está vendendo bem, the *Warrior*, more or less, e assim vai indo.

Legenda: Meus livros? O Trem *está vendendo bem, o* Guerreira, *mais ou menos, e assim vai indo.*

Enquanto ele fala, é possível ouvir o Evandro gritando a seu lado.

— Dad, dad, dad, I need money to go to school.

Legenda: Papai, papai, papai, eu preciso de dinheiro para ir à escola.

O Buzo se volta pra mim e diz:

— Vaz, a moment, please.

Legenda: Vaz, um momento, por favor.

Acho que ele interrompeu a conversa para dar alguns dólares para o menino.

— Buzo, mano, você está ocupado, outra hora eu te ligo.

— Ei, Vaz, que nada, brother, no problem, diz aí.

Legenda: Ei, Vaz, que nada, irmão, sem problemas, diz aí.

— Também era só isso, só para saber se está tudo bem.

— All right, all right. E a Cooperifa?

Legenda: Tudo certo, tudo certo. E a Cooperifa?

— Mano, está daquele jeito, sempre na correria, a poesia está a mil.

— Preciso passar lá para tomar umas beers no Joseph Big Beat.

Legenda: Preciso passar lá para tomar umas cervejas no José Batidão.

— Mano, você está fino demais, seu inglês está impecável.

— Você não fala inglês, como é que você sabe que está impecável?

— É que eu não entendi nada! Hahahaha.

Ele também ri, em português.

— Hahahaha!

— Buzo, passa lá em casa neste fim de semana.

— Neste weekend? Impossible, vou pra Long Beach.

Legenda: Neste fim de semana? Impossível, vou pra Praia Grande.

— Quem sabe outro dia, né, não?

— Yes, dear poet, tomorrow é outro day.

Legenda: Sim, querido poeta, amanhã é outro dia.

— Mano, trombei com o Zé Ruela na quebrada e ele anda falando que você está maior metido a lorde inglês.

— Fuck off him and his family.

Legenda: Fodam-se ele e a família.

— Pô, mano, vocês não eram amigos?

— Não. Never fui amigo daquele motherfucker.

Legenda: Nunca fui amigo daquele fodedor de mãe.

— Bom, então deixa pra lá, nem quero me meter.

— It's really good, it's very good.

Legenda: Isso é realmente bom, é muito bom.

— E aí, está lendo alguma coisa?

— Só o *Michaelis*.

Legenda: Dicionário de inglês.

— Esse cara deve ser bom, nunca li nada dele.

Ele deu uma risadinha em inglês, rindo da minha ignorância. Rir em inglês é fácil, coloque a mão em frente a sua boca e não sorria, apenas mexa os ombros para cima e para baixo.

— Buzo, até uma outra hora.

— Goodbye, my friend Vazgabundo.

Legenda: Até logo, meu amigo Vazgabundo.

Quando eu estava quase desligando, escuto o Buzo me chamando ao telefone:

— Vaz, Vaz.

— Sim, mano, o que foi?

— Take care the streets are dangerous.

Legenda: Cuidado, as ruas são perigosas.

— Obrigado.

— God bless you.

Legenda: Deus abençoe você.

Fiquei ainda com o telefone no ouvido e deu tempo de ouvi-lo falando com a Marilda:

— Nossa, como o Vaz tá estranho, não entendi quase nada do que ele falou.

Um ano depois, ligo novamente para o Buzo.

— Buzo? — Sí, quem hablas?

Contos celulares nº 3 — Quem é?
(fevereiro/2008)

Onze horas da noite, o celular toca, e pra variar não consigo identificar de quem é o número do outro lado da linha. Interrompo o que eu estava escrevendo no computador e começa meu momento kafkiano da semana:

— Alô? — alguém diz.

— Alô? — digo eu.

— Alô? — diz novamente.

— Pois não, quem é?

— Tá lembrado, não?

— Não. É fulano?

— Não.

— Então, quem é?

— Lembra não?

— No momento...

— Nós trocamos umas ideias lá no centro uma mão.

— Onde?

— No show.

— Que show, da Sé?

— Lembra não?

— Mano, dá uma luz, porque eu não me lembro...

— Oia só.

— Oia só o quê?

— Oia só que deselegância.

— Mano, não se trata de deselegância, eu só não lembro, mas se você me falar seu nome, talvez fique mais fácil.

A minha paciência estava indo embora.

— É, talvez fique mais fácil — disse ironicamente.

— Quem é? Porra, tá de brincadeira, é fulano?

— Carái, mano, nem se lembra mais dos irmão?

— Desculpa, não estou me lembrando, mas diz aí você.

Ele faz um pouco de silêncio.

— OOOia.

— Oia o quê, porra?

— Certo.

— Certo o quê, caralho??

— Se altera não irmão, só liguei pra dar um salve.

— Firmeza, irmão, o salve está dado.

— Na moral, mó decepção.

— Mano, vou desligar, uma hora em que você descobrir quem você é, você me liga.

— Vou rasgar o livro que comprei na sua mão.

— Mano, obrigado por comprar meu livro, mas livro não se rasga, diz quem você é e já é.

— Se alembra não?

— Não, é isso que eu estou tentando te dizer, eu não lembro. Gostaria de me lembrar, mas eu não me lembro. Infelizmente, pra mim, eu não me lembro.

Falei babando.

— Sumemo, tá com a memória fraca.

— Mano, é o seguinte, liga outra hora.

— Tá bom, só liguei porque quando a gente se trombou você pediu pra ligar.

— Legal, mas a gente já podia estar trocando umas ideias se você tivesse falado quem você é.

— Tô ligado como é que é.

— Como assim, tá ligado como é que é?

— Essas fita.

— Que fita?

— De não lembrar dos irmão.

— Vai começar de novo?

— Que nada, tá limpo, vou desligar.

— Tá bom — respondi aliviado.

Triste, ele respondeu pra mim:

— Falou, Sacolinha.

— ?????????????

Oficina de poesia
(setembro/2009)

— O que é poesia? — o menino me perguntou.

— Poesia é a forma diferente de olhar as coisas — respondi.

Perguntei, segurando um copo d'água na mão:

— O que tem nas minhas mãos?

— Água — todos responderam.

Perguntei de novo:

— O que tem nas minhas mãos?

— Água.

Perguntei mais uma vez, só que desta vez alguém lá no fundo disse:

— Mar.

Do outro lado, alguém disse:

— Chuva.

— Enchente.

— Lágrimas.

— Vida.

— Suor.

— Refrigerante.

— Suco.

— Banho.

Etc., etc., etc.

Aí, eu disse:

— Pera lá, mas agora há pouco não era só um copo de água?

— hahahaha...

E todos nós rimos como se a dor não existisse.

E a água da poesia quase afogou meus olhos.

O coração já tinha transbordado há muito tempo.

Os dias que não doem
(julho/2008)

Não há mais como nomear as quartas-feiras no Sarau da Cooperifa, nem contá-las em versos ou prosa. Por exemplo, a noite de ontem foi simplesmente inenarrável. Mágica. Sem truques. Uma daquelas noites em que a gente se lembra do porquê de estarmos vivos, que é para celebrar a vida com tudo a que temos direito: riso e dor. Só que, dessa vez, mais riso do que dor.

A lua sabe do que estou dizendo, ela estava lá, cheia, em silêncio por respeito aos poetas, para que fluísse a poesia. Ela viu tudo e dessa vez fomos nós, a comunidade, que fomos a sua fonte de inspiração, e tenho certeza de que foi por nós que ela brilhava, para que a gente não se perdesse do caminho.

Parece que todos haviam recebido um comunicado, o mesmo recado, e vinham de todos os lugares, dos becos, das favelas, do centro, do lado de dentro, do lado de fora, foi impossível contá-los sem abraçá-los.

Traziam na garganta um grito entalado que vinha das galés do império Romano e dos porões dos navios negreiros singrados da velha Mãe África, e todos vinham carregados de feridas ainda expostas no peito nu, mas não havia lágrimas, apenas o clamor por liberdade. Liberdade! Liberdade! Liberdade! (Ô povo lindo, ô povo inteligente!)

O Sarau da Cooperifa ficou pequeno para tantas vozes, que se juntavam a outras vozes, era como se ouvíssemos o poeta João Cabral de Melo Neto recitando, depois da Dona Edite, "um galo sozinho não tece uma manhã: ele precisará sempre de outros galos".

E cada um que recitava sua poesia era como se lançasse um grito, para que se juntasse a outros gritos, na intenção de que todos esses gritos acordassem a humanidade. Você ouviu?

Eram muitos os que gritavam, homens simples, mulheres dignas, uma gente a quem o capital insiste em escravizar, mas um povo que não admite ser escravizado. Por isso, o conflito, e não tem nada a ver com poesia de prateleira de biblioteca. Tem a ver com a palavra da rua, é boca sem dente e descamisada. Órfã de pai e mãe. Sem certidão de nascimento, muito menos carteira profissional. É letra que corre sim pelas calçadas de chinelo de dedos, mas só que não tem varizes nem frieiras, e não deixa pegadas.

A palavra livre nos torna livres. Livres, entendeu?

Por aqui, agora, só apanha na cara quem quer. Lá, no sarau, escolhemos não dar a outra face, aliás, face nenhuma: bateu, levou!

Um dia, um intelectual disse que éramos exóticos, só porque pegávamos ônibus lotado e gostávamos de poesia:

— Como podem esses ornitorrincos gostarem de literatura? — ironizou o homem da academia, levantando os halteres das letras para que outros dos seus também exercitassem a arrogância. Nesse caso, os sábios cantam como sabiás, mas dançam como caranguejos — nada contra os caranguejos.

Mas quem foi que disse que a gente gosta de literatura?

A gente gosta de Mané Garrincha, o bailarino das pernas tortas. De Cartola, Adoniran, Dolores, Sabotage. A gente gosta de roda de samba em cima da laje. De beijo na boca. De futebol de várzea. De boa educação. De casa pra morar. De trabalhar. De empinar pipa. De boteco. De cerveja gelada.

De festa na quebrada. E de uma "pá" que não dá para escrever aqui.

A gente gosta de rir, chorar, mas a gente gosta mesmo é de sorrir. Mas aí vem alguém e diz que "não pode", então a gente escreve sobre essas coisas, dos dias que doem e dos dias que não.

A gente é casca de ferida que gosta de rir e chorar no papel, só isso. Não é literatura, é a vida.

É a vida o que realmente nos interessa.

Quem lê enxerga melhor
(fevereiro/2007)

Esses dias participei de um debate na Fundação Perseu Abramo sobre circulação de livros, bibliotecas e incentivo à literatura.

Entre vários outros assuntos, um em especial me chamou a atenção: o preço do livro.

Já ouvi várias autoridades conhecedoras do assunto falarem que as pessoas não leem porque o livro é muito caro ou que é caro porque as pessoas não leem.

Concordo que o livro é caro, mas não concordo que as pessoas não leem por conta disso, as pessoas não leem porque não gostam de ler. É caro só para quem gosta de ler.

Tente vender um livro para quem não gosta de ler por R$ 5. Ele não vai comprar, e não importa o que você diga, e a não ser que ele compre "só para te ajudar", ele não vai nem querer saber dos seus argumentos. E isso independe da classe social.

Quem mais compra livros no país é o MEC (Ministério da Educação), algo em torno de 50%.

As pessoas não leem porque faltam ações específicas do Estado nas comunidades. Não leem porque não há bibliotecas nos bairros e as poucas que existem têm um aspecto triste, são frias, é como se fossem cemitérios, onde livros são enterrados sem direito a velório.

Não leem porque as bibliotecas nas escolas viraram patrimônio público, e como patrimônio, eles, os livros, têm que ser preservados, e para serem preservados, eles não podem ser lidos, não podem ser tocados. E se os livros não são lidos, e se não são tocados... Não passam de madeira falida.

Nunca vi uma campanha de incentivo à leitura que realmente desse vontade de ler, parece que quem faz essas campanhas não gosta de ler. É. São bem elaboradas e tal, mas para quem já gosta de ler.

Elas sempre falam da importância dos livros na vida das pessoas e de como eles são sagrados. Acho que deviam justamente fazer o contrário e falar de como as pessoas são importantes na vida do livro, e de como as pessoas são sagradas, e que ler não tem nada a ver com cultura e sim com saúde pública: quem lê enxerga melhor.

Quase todo mundo que conheço que não lê alega que não o faz por falta de tempo; pode até ser, mas uma coisa eu vejo desde sempre na periferia: é que a maioria das pessoas vai para o trabalho de ônibus e às vezes fica até duas horas dentro dele, parada no trânsito, olhando para a mesma janela durante anos a fio, e mesmo assim não tem coragem de abrir um livro para passar o tempo. Pior só os que odeiam ler.

Nos bancos dos ônibus só deveriam sentar gestantes, idosos, deficientes físicos e pessoas portando livros. Aliás, quem não gostasse de ler deveria vir do lado de fora correndo atrás do busão. Não tenho dó de quem sofre, tenho raiva de quem faz sofrer.

Não os culpo, neste país onde todos nos querem analfabetos de ousadia, na periferia até que tem gente — é muito pouco ainda — lendo demais.

Aqui no Sarau da Cooperifa as pessoas chegaram ao livro através da oralidade, os poetas fazem a gentileza de recitar uma poesia ou ler um conto, e a comunidade faz a gentileza de ouvir.

Ao final, para celebrar esse momento mágico, as pessoas promovem o encontro das mãos e o bar rompe em aplausos, numa prova de que a literatura pode ser uma coisa sagrada, mas que precisa ser profanada pelas pessoas.

E como todo mundo se entendeu com a palavra e descobriu que tinha muito mais dentro dos livros, o Zé fez uma biblioteca dentro do bar para que as pessoas também pudessem bebê-los enquanto petiscam literatura. Precisa ver como as pessoas se embriagam com facilidade.

Sim, as pessoas, elas dão histórias fantásticas, e são elas que leem os livros.

Os adultos maltratam as crianças e os adolescentes
somente por um motivo: inveja.

Caminhos poéticos da periferia
(outubro/2008)

Ontem aconteceu o lançamento do livro *Caminhos poéticos da periferia*, com os jovens do CRAS/Scândia, de Taboão da Serra, Grande São Paulo.

Se Deus realmente existe, eu não sei — "... não me esforço para acreditar em Deus, esforço-me para que ele acredite em mim" —, mas eu sou testemunha viva deste milagre. O milagre da poesia.

Sabe um daqueles dias em que você vive como se o mundo fosse exatamente como sonhou e que todas as mazelas que afetam a dignidade humana, principalmente aos jovens e às crianças, fossem extintas da humanidade? E que se a gente procurasse o significado da palavra "desigualdade" no dicionário, estaria escrito apenas: "algo ruim que aconteceu no século XX", simples assim? Ontem foi um desses dias.

Tudo começou com umas oficinas de poesia, caminhando pelas ruas do bairro, com uma turma de meninos e meninas de quinze a dezessete anos, uns vinte e tantos, monitorados pela madrinha Eliete Mendes — a grande mentora do milagre, mas sem querer ser a santa, apenas um ser humano tocado pela generosidade e pelo amor à educação.

Aí, quando o poema se instalou nos olhos da molecada, ela, mais do que depressa, antes que o fogo se apagasse, incendiou o coração deles com uma proposta de escrever um livro com as poesias que fossem surgindo nas oficinas, o que ela achou que seriam poucas. Se ferrou!

Os poemas não paravam de chegar, parecia que todas as gavetas, onde eles dormem, tivessem sido abertas ao mesmo tempo, e no mais bom e belo estilo da magia cujo segredo só os jovens sabem, e eles começaram a rodopiar a esmo pela sala como pássaros que fogem da gaiola, que mal conseguem controlar a liberdade.

Diante dessa bênção e dessa chuva de palavras despertas, ela ria pra mim com dentes enormes, que mais pareciam teclas de máquina de escrever, e eu, incrédulo pelo poder da literatura, ajoelhei-me diante da minha arrogância, e agradeci pela lição do dia: ninguém nada pode contra um sonho. Contra o amor.

No lançamento do livro para a comunidade, os amigos e os parentes desses "escritores da liberdade da periferia" compareceram em massa na associação de bairro do Pirajussara — quase cem pessoas para prestigiar esses jovens, que apesar de tudo e de todos que atravancam seu caminho, ainda escrevem poesia.

Como esse milagre está acontecendo na periferia, quase ninguém vê. Nem São Tomé. Nem a Virgem Maria. Sei não, acho que um deus é pouco para tanta gente.

Pensei nisso tudo nesta terça-feira enquanto eles autografavam o seu livro, enquanto eles carregavam o seu primeiro livro nas mãos. Mas o mais bacana de tudo é que o primeiro livro que eles vão ler é de poesia, e o melhor de tudo, escrito por eles. E para eles.

Ah, que sensação divina ver esses diabinhos caminhando no céu por cima da terra...

Perguntei para uma garota o que ela estava sentindo por conta do livro e ela me disse:

— Tô com mó orgulho de mim.

— Eu também.

Amém?

De jeito nenhum.

Corsário das ruas
(julho/2009)

A caravana da poesia não para, mas no meio do caminho para Tubarão a gente parou um pouco para apreciar a poesia de Laguna. Não sou lá muito fã de praia, mas aqui o mar faz cócegas nos nossos olhos. E um riso sempre deságua nas margens dos lábios.

Passamos tipo numa vila de pescador para poder tirar algumas fotos. Apesar de não levarem uma vida fácil, pescadores dão ótimas fotos, ótimos poemas — irônico não?

Este lugar é tão bonito que dá até vergonha de furtar uma fotografia, mas minhas retinas são frágeis diante da beleza, e minha memória é seletiva, só grava tempos tristes. É uma coisa meio Torquato, meio Clarice que não me abandona, mesmo quando estou mais para Veríssimo.

Falando nisso, pensei nas pessoas que nunca viram o mar. Ninguém devia morrer sem ver o mar. Nem morrer no mar. Nem matá-lo.

A humanidade devia reservar o direito de a pessoa ver o mar, tipo uma lei, ou escrito na bíblia de cada religião, um prêmio, um castigo, sei lá, viagem marítima minha.

Tinha até uns golfinhos na água. Os golfinhos são capitães do mato do mar (é possível?). Eles levam as tainhas para as redes dos pescadores. Traíras!

Nas pedras, as garças disputam restos de peixes com os gatos e o vento esfrega os barcos na paisagem fria da máquina fotográfica, e eu, que apesar de não ter nada a ver com Netuno, mergulhei num oceano de saudades.

Não adianta, sou corsário das ruas, a beleza do mar me incomoda.

Às vezes,
um poema é o beijo que chega antes da boca.

Amigos dão sorte
(junho/2010)

São só 17 745 dias, parece pouco, porém, de onde venho, chegar nesse número é muito importante. Nada a ver com numerologia, mas com sobrevivência. Nasci contra a vontade dos astros no vale do Jequitinhonha, norte de Minas Gerais, o lugar mais pobre do mundo. Dois irmãos não tiveram a mesma sorte. Minha mãe era negra, meu pai continua branco.

De forma irônica, a parteira que ajudou minha mãe a dar à luz tinha um olho só, mas, com espírito iluminado, disse que eu era um bitelão. Era um vinte seis de junho de mil novecentos e sessenta e quatro, inverno no Sudeste, às vinte e uma horas e trinta minutos, do signo de câncer. Um dia como outro qualquer, tanto é que, às vezes, até eu esqueço.

Cresci sem bolo, sem vela de aniversário, sem pedidos, sem brinquedos e, sem desmerecer ninguém, durante muito tempo o travesseiro foi meu melhor amigo. Ele era triste também. Aprendi a dizer a verdade com ele. Mentir é coisa minha.

Sem sono, passei muitas noites tentando enganar carneirinhos. Contava de dois em dois.

Dormir doía, assim como a vida.

Demorei para gostar de viver e tinha uma tristeza que me visitava até mesmo nos dias de alegria. Por conta disso, aprendi a sorrir com economia. Quando dei por mim, por conta do desuso, alguns dentes me abandonaram. Deixava para rir aos domingos.

Não tinha nem oito anos, vi um homem morto caído nas garrafas dentro de um bar. Ele tinha um buraco na testa. Durante muito tempo, achei que os fantasmas que me adotaram saíam dali. Daquele buraco. Não senti pena. Nem medo. Nem inveja.

Achei esquisito como a morte se apresentou para mim, assim, dessa forma tão violenta. Tão estúpida.

Como naquela época morria muita gente assim, com buracos no corpo, acharam por bem fazer um cemitério onde meu time jogava bola. Se já não bastassem os meus fantasmas...

Quando o asfalto chegou tatuando as ladeiras, descia de carrinho de rolimã rindo como se fosse feliz, como se fosse outro. Não sei por quê, mas o carinho do vento deixava a gente besta.

Tinha um amigo que morava num barraco de madeira que ria também. Uma vez, eu e ele fizemos um carrinho com pedaços da sala da mãe dele.

Um dia, cansado de bolinha de gude e de empinar pipa em dias sem vento, a maçã do amor lambeu meu coração. Achei que estava doente. Tão desacostumado com a alegria, chorei de felicidade. Eram lágrimas doces. Não é coisa de poeta, eram doces mesmo. Meu travesseiro chorou também. Foi a primeira vez que a vida me sorriu.

Não lembro mais do rosto dela. Ela tinha todos os dentes, mas era eu quem ria pelos dois. Como ria naquela época.

Nesse tempo em que achava que era feliz, comecei a trabalhar todos os dias: sábados, domingos e feriados.

Anestesiado pelo amor, não percebi a tristeza fazendo sombra no meu sol. Quando ele se foi, o amor, trabalhar me ensinou o valor da liberdade. Sem saber onde era Palmares, fiquei ali por doze anos arrastando correntes enquanto arava os sonhos.

Por conta disso, passei a amar com mais frequência, para esquecer a labuta.

Por solidariedade, alguns amigos iam brincar comigo enquanto eu trabalhava.

Na senzala, Nelson Mandela começou a fazer sentido para mim. Zumbi também.

E se já não bastasse um tronco, ainda por cima servi o Exército. Então não era uma, mas, sim, duas senzalas.

Um escravo para duas senzalas.

Meu irmão fugiu.

A escrava Isaura levava uma vida bem melhor que a minha. Ainda por cima ela não tinha que estudar. Era branca. E novela, por mais longa que seja, tem hora para acabar.

Para mim, todo bar tem um pouco de navio negreiro.

Lia os livros como quem foge das galés. Cada remada, um livro. Cada livro, um continente.

Gabriel García Márquez me ensinou a não ter medo de oceanos.

Neruda, a amar e despedir.

Clarice, atalhos para o coração.

Quintana, a ser moleque.

Gullar, a sujar o poema.

Lendo Victor Hugo, descobri que já não era escravo de ninguém. De nada. Só de mim mesmo.

Cansado da banda de Chico, "Fim de semana no Parque Santo Antônio" dos Racionais me pegou à toa na vida.

Analfabeto, escrevi alguns poemas que viraram livros. No lançamento, fiz frango frito com salada de maionese. Isso já faz vinte anos. Ou, sete mil seiscentos e quarenta e cinco.

Por gostar das coisas certas, quase sempre fiz tudo errado.

Ser simpático me deixava bonito, mas foi a antipatia que me trouxe beleza.

Numa fábrica sobre ruínas, ajudei a construir um sonho que tinha, sem saber que tinha.

Logo em seguida, o sarau, que ensinou outras pessoas a gostarem de poesia na periferia paulistana.

Tem gente que voltou a estudar só para aprender a escrever poemas.

Foi no sarau que conheci o Seu Lourival, Dinho Love e Dona Edite. E mais um bando de gente sem noção da realidade. Gente que sonha enquanto faz. Um povo lindo e inteligente.

Voltei a sorrir no lugar que me fazia chorar.

Outro dia, soltamos mais de quinhentas bexigas no ar, todas com poesia.

Aprendi a ajoelhar e pedir perdão.

Tem dias que o sarau tem mais de duzentas pessoas ouvindo e falando poesia. Outras pessoas também escreveram livros na quebrada. Tem gente que não gosta de mim por causa disso. Outras já gostam. Vai entender.

Engraçado, de tanto sofrer acabei fazendo outras pessoas felizes.

Uma vez, estava sorrindo distraidamente e uma pessoa me perguntou por quê, naquele tempo não sabia, agora eu sei.

O amor me deu uma mulher e uma filha. Família me deixa feliz.

A felicidade tem dívidas comigo, por isso não faz mais do que a obrigação me manter alegre e satisfeito.

Mesmo feliz, estou sempre revoltado.

Michael Jackson faz um ano que morreu. Gostava mais dele quando era preto. Lá pelos anos 70, quando eu era triste também. Sabia dançar, agora...

Perdi alguns amigos que não sabiam que gostava deles. Devia ter dito isso quando eles estavam vivos.

Não acredito em vida após a morte. Gosto do risco de desaparecer.

Está a maior garoa lá fora. Faz frio também. Dias de frio são bons para remoer lembranças.

Meu aniversário cai sempre em época de frio. Por isso, careço de abraços. E de fogueiras.

Não sei quem me disse que estou ficando velho, desconfio que seja o contrário.

Apesar dos cabelos que começam a embranquecer, estou aprendendo a ser jovem, mas quando corro não dá para disfarçar que passei dos quarenta.

Em compensação, de tanto amar, meu coração não tem uma ruga sequer.

Sabia que de vez em quando eu fico rindo sem saber por quê? Deve ser riso represado.

Descobri que o destino não é confiável.

Rir é da hora.

Gosto de rir com amigos.

Falando em amigos... Tenho alguns. Inimigos também.

Amigos são pessoas que a gente escolhe pra sorrir com a gente. Pode até chorar, mas tem que rir também.

Descobri, com o passar dos dias, que amigos dão sorte. Mesmo os azarados.

Queria agradecê-los. Como eu disse, são 17 745 dias.

Sozinho não ia ter a menor graça.

Queria ter dois corações.
Um para amar, o outro também.

Posfácio

— O que é poesia? — o menino perguntou a Sérgio Vaz.

— Poesia é a forma diferente de olhar as coisas — ele respondeu.

O poeta das periferias do Brasil, cronista dos becos e vielas onde as palavras correm "pelas calçadas de chinelo de dedos", perguntou então, segurando um copo d'água na mão:

— O que tem nas minhas mãos?

— Água.

Perguntou de novo:

— O que tem nas minhas mãos?

— Água.

Perguntou mais uma vez, e alguém lá no fundo gritou:

— Mar.

Do outro lado, alguém disse:

— Chuva.

— Enchente.

— Suor.

— Lágrimas.

— Vida.

E assim se fez poesia onde antes ela era palavra de salto alto, onde antes nem mesmo se sabia que a poesia não era passarinho para ficar trancada em gaiola, nem exigia cartão de crédito para se dar. Sérgio Vaz é, ele mesmo, o criador daquela que talvez seja a maior poesia viva desse país — o Sarau da Cooperifa, na zona sul de São Paulo. Mas, neste livro, o poeta se faz cronista para nos trazer em prosa as notícias de um mundo em que "os pedreiros constroem casas (alheias) como se fossem (seus próprios) lares" — e as domésticas "não admitem ser domesticadas". Notícias de "um povo lindo e inteligente que sonha enquanto faz".

Em sua estreia na crônica, Vaz profana a língua com talento para incluir nela um naco maior de mundo. Tem dedos de navalha para disfarçar a ternura do olhar que afaga as entrelinhas. Nos encanta — e às vezes nos golpeia — com achados de linguagem paridos numa realidade onde as frases têm de ser puxadas pelo pescoço para não morrer de bala perdida antes mesmo de existirem. "Os livros precisam ser profanados, as pessoas é que são sagradas", diz Vaz. "E a gente é casca de ferida que gosta de rir e chorar no papel. Não é literatura, é a vida o que realmente nos interessa".

É sobre essa vida tão viva que nos conta este escritor que inscreve o Brasil no Brasil. "Ora com um sorriso no rosto, ora com uma pedra na mão", Sérgio Vaz bota seu "polegar na história" — e na literatura.

Eliane Brum[*]

---

[*] Jornalista, escritora e documentarista, ganhou mais de quarenta prêmios nacionais e internacionais de reportagem. É autora de *Coluna Prestes*: o avesso da lenda (Artes e Ofícios, 1994), *A vida que ninguém vê* (Arquipélago Editorial, 2006, Prêmio Jabuti 2007) e *O olho da rua* (Globo, 2008). Foi colunista da revista *Época* e desde 2013 tem uma coluna quinzenal, em português e espanhol, no jornal *El País*.

SÉRGIO VAZ é poeta da periferia e agitador cultural. Mora em Taboão da Serra (Grande São Paulo) e é presença ativa nas comunidades do Brasil. É criador da Cooperifa (Cooperativa Cultural da Periferia) e um dos criadores do Sarau da Cooperifa, evento que transformou um bar da periferia de São Paulo em centro cultural e que, às quartas-feiras, reúne cerca de trezentas pessoas para ouvir e falar poesia. A movimentação ganhou respeito e reconhecimento da comunidade e, também já há muito tempo, reverberou para fora dela. Sérgio Vaz já recebeu os prêmios Trip Transformadores, Orilaxé, Heróis Invisíveis, Governador do Estado 2011 em três categorias e, em 2009, foi eleito pela revista *Época* uma das 100 pessoas mais influentes do Brasil. Já publicou sete livros, dentre eles *Colecionador de pedras* (2007) e *Flores de alvenaria* (2016), pela Global Editora.